Lin
Rina

ANIMANTS WELT

Ein Buch über
Staubchronik

Liebe Liz,
London wartet
auf dich.
- Lin Rina

DRACHENMOND VERLAG

Drachenmond Verlag GmbH
Auf der Weide 6
50354 Hürth
http: www.drachenmond.de
E-Mail: info@drachenmond.de

Lektorat: Stephan R.Bellem
Korrektorat: Michaela Retetzki
Satz & Layout: Astrid Behrendt
Umschlagdesign: Marie Graßhoff
Bildmaterial: Shutterstock bis auf
Illustrationen: Lin Rina (Briefe & S. 13/40/60/118/119/144)
Charakterillustrationen: Judith Kowalczuk
Druck: Booksfactory

ISBN 978-3-95991-813-8

Für
Jule, Jazz & Nona

*»Und was würdest du jetzt tun,
wenn du die Wahl hättest?«, wollte sie wissen
und ich brauchte nicht lange zu überlegen.
»Ich würde in meinem Sessel sitzen
und lesen«, sagte ich.*

Eliza Hemmilton
London

19. Mai 1891

Meine beste Elisa,

Es ist so weit! Die Vorkehrungen sind getroffen, alles Nötige ist gepackt und meine Mutter sogar endlich zufrieden mit der Auswahl meiner Garderobe. Am Mittwoch in einer Woche werde ich nach London zurückkehren.

Ich bin im Freudentaumel. Wer hätte gedacht, dass ich diese lärmende, stinkende Stadt so sehr vermissen könnte. Es kribbelt mir in den Fingern, wenn ich an die engen Gassen, die Teehäuser und sogar die Menschenmassen denke, die mich dort erwarten.

Lass uns unbedingt jede noch so kleine Buchhandlung ausfindig machen und die unsinnigen abendlichen Pflichtveranstaltungen mit stumpfsinnigen Herrschaften gemeinsam durchstehen. Ach, was fehlt mir dein Scharfsinn und dein beißender Witz.

Noch einen Ball muss ich ohne dich überleben, am Freitag, dann kann ich endlich meine Gedanken nach London vorauseilen lassen.

19. Mai 1891

Meine beste Elisa,

Es ist so weit! Die Vorkehrungen sind getroffen, alles Nötige ist gepackt und meine Mutter sogar endlich zufrieden mit der Auswahl meiner Garderobe. Am Mittwoch in einer Woche werde ich nach London zurückkehren.

Ich bin im Freudentaumel. Wer hätte gedacht, dass ich diese lärmende, stinkende Stadt so sehr vermissen könnte. Es kribbelt mir in den Fingern, wenn ich an die engen Gassen, die Teehäuser und sogar die Menschenmassen denke, die mich dort erwarten.

Lass uns unbedingt jede noch so kleine Buchhandlung ausfindig machen und die unsinnigen abendlichen Pflichtveranstaltungen mit stumpfsinnigen Herrschaften gemeinsam durchstehen. Ach, was fehlt mir dein Scharfsinn und dein beißender Witz.

Noch einen Ball muss ich ohne dich überleben, am Freitag, dann kann ich endlich meine Gedanken nach London vorauseilen lassen.

Natürlich werde ich bis zur Hochzeit bei meinem Onkel wohnen. Egal wie schlüpfrig deine Fantasie auch sein mag, in der Realität ist es unmöglich, wieder ins Personalgebäude zurückzukehren, liebe Elisa. Tür an Tür mit meinem Verlobten. Das wäre ein hausgemachter Skandal.

Apropos Skandal, meine Mutter hat einen halben Herzanfall bekommen und ein ganzes Glas Punsch in einem Zug geleert, als sie hörte, dass ich wieder in der Bibliothek anfangen möchte. Dass eine junge Frau mit Vermögen arbeitet, erschien ihr damals zwar schon skurril, aber die Aussicht, dass ich in London einen Mann treffen könnte, der meinen Ansprüchen genügt, hatte sie überzeugt. Doch dass eine verlobte Frau – oder gar eine verheiratete – einem Beruf nachgeht, ist ihr so unerklärlich wie die Tatsache, dass ich mich für einen mürrischen Bibliothekar als Gemahl entschieden habe.

Sie hätte sich jemand Gesprächigeren gewünscht, glaube ich, denn sie versucht den bedauernswerten Thomas Reed immer wieder in Diskussionen über die abstrusesten Themen zu verwickeln. Als er uns vor zwei Wochen besuchte, fragte sie ihn, was er von roter Seide halte.

Oh Elisa, ich lache schon wieder, wenn ich an seine Antwort und das Gesicht meiner Mutter denke.

Er sagte lediglich, dass er es für besser halte, sie zu tragen, als nackt zu sein und Mutter schwappte vor Schreck der Tee aus der Tasse. Danach fragte sie ihn nichts mehr und ließ den armen Kerl für einen Abend mit seinem Buch allein.

Die Verlobungsfeier hingegen war ein voller Erfolg. Ich weiß nicht, wie er es geschafft hat, angesichts so vieler geheuchelter Glückwünsche und irritierter Blicke nicht aus der Haut zu fahren. Doch ich bin sehr stolz darauf, dass er kein einziges Mal die Nerven verlor, und sogar ab und an gelächelt hat. Ich fürchte, er ist wirklich in mich verliebt, denn er rügte mich nicht einmal, als ich mir das Lachen über ihn nicht mehr verkneifen konnte.

Als der offizielle Teil vorüber war, haben Thomas und ich uns auf eine Bank im Garten gesetzt und dort versteckt. Ich las ihm aus *Grimms Märchen* vor, die Onkel Alfred uns als Geschenk schickte, bis uns das Sonnenlicht ausging.

Dafür, dass mein Onkel der Verlobung mit solcher Skepsis begegnet, war sein Geschenk doch sehr passend und das einzige, mit dem wir beide etwas anzufangen wissen.

Schade, dass du nicht kommen konntest. Ich hoffe jedoch, dass deine Prüfungen gut überstanden sind und du auf der Matinee der freien Künste, von der du mir schriebst, auch wirklich die Kontakte knüpfen konntest, die du dir gewünscht hast. Dass du in die Politik gehen willst, um die Rechte der Frauen zu verteidigen, finde ich einen großartigen Entschluss und ich werde dich in dieser Sache sehr gern unterstützen, wo ich auch kann.

Ich freue mich darauf, wieder in die Bibliothek zurückzukehren, auf die Bücher und die Atmosphäre, auf Oscar und Cody. Darauf, mich nützlich zu fühlen.

Doch mir geht der Gedanke von einer Buchhandlung nicht mehr aus dem Kopf. Lass uns fantastische, der Realität völlig ferne Ideen erspinnen, wenn wir uns sehen.

In innigster Freundschaft

Animant

Animant Crumb

Auf der Suche nach meinen anfänglichen Animant-Entwürfen habe ich festgestellt, dass es die Grundidee zu diesem Buch schon viel länger gibt, als ich zuerst dachte.

Meine ersten Zeichnungen von Ani stammen aus dem Jahr 2003. Damals war sie noch die mit Elfenohren ausgestatte liebliche Assistentin eines mürrischen, magischen Archivars namens Maurice. Ihr Name war Hanna Thomson, die den Spitznamen Anny bekam.

Als ich eines Abends im Bett darüber nachdachte, fragte ich mich, ob man aus Anny nicht einen originelleren Namen machen könnte. Also reihte ich, während ich langsam einschlief, wahllos Silben aneinander, die mit »Ani« begannen.

Am nächsten Morgen war nur ein Name in meinem Kopf hängen geblieben: *Animant.*

Mein erster Gedankenentwurf von ihr war ein liebliches, ruhiges Mädchen mit dunkelbraunem Haar, rosigen Wangen und romantisch verträumt blickenden Augen.

Doch dann kam diese eine schicksalhafte Nacht, in der ich nicht schlafen konnte und mir diese Geschichte immer und immer wieder durch den Kopf gehen ließ. Die Gedanken wollten sich nicht abstellen lassen und ich schnappte mir kurzerhand meinen Laptop, um die ersten Worte auf Papier zu bringen.

So entstand zwischen zwei und drei Uhr morgens der Prolog, der alles auf den Kopf stellte. Denn hier war Animant auf einmal kein liebliches Mädchen mehr, das in romantischen Romanen schmökerte und von der großen Liebe fantasierte. Sie war spitzfindig, sarkastisch, zeitweilig sogar hochnäsig.

Etwa zur gleichen Zeit entdeckte ich eine Fotografie im Internet, die meine Vorstellung von Ani vervollständigte. Ein blondes Mädchen mit einem Buch vor dem Gesicht und schalkhaften Augen. Ich änderte also Animants Haarfarbe, ihre Ziele und Wünsche, und startete so in meinen ersten historischen Roman, ohne zu wissen, was mich erwarten würde.

Teegenuss
Earl Grey
mit einem Schuss Milch und Zucker
English Breakfast
mit einem Schuss Milch
Assam
mit Sahne und Zucker
Pfefferminz
mit Honig
Darjeeling
mit Zitrone

Er zog die Augenbrauen überrascht nach oben
und zum ersten Mal, seit ich den Raum betreten hatte,
hob sich sein Blick über den Brillenrand
und er sah mich direkt an.
Seine Augen waren dunkelbraun wie Kastanien.
»Der Sarkasmus steht Ihnen«, meinte er,
und das leichte Schmunzeln in seinem Mundwinkel
verriet mir, dass es sich bei dieser Aussage
um ein Kompliment handelte.
»Danke.«

Animant Crumb

20. Mai 1891

Allerliebste Animant,

nun bin ich schon seit drei Wochen wieder in London und es ist gefühlt überhaupt nichts passiert. Ich weiß, Liebende schreiben sich romantische Zeilen, doch ich habe keine Idee, was ich dir mitteilen soll.

Der Bibliotheksbetrieb läuft wie immer. Oscar und Cody sind überraschenderweise froh, mich zurückzuhaben. Sie fragen ständig nach dir. Vor allem Cody.

Die Nachricht unserer Verlobung verbreitete sich wie ein Lauffeuer. Bei Gott, wie kann es sein, dass es etwas gibt, über das ich mit niemandem gesprochen habe und das trotzdem jeder erfährt. Ich verstehe die Tratschwütigkeit der Menschen nicht.

Sogar Mrs Christy weiß es schon und lässt grüßen.

Irgendwas muss passiert sein. Sonst hat sie immer verschreckt Reißaus genommen, sobald ich das Haus betrat. Und nun scheint sie sich berechtigt zu fühlen, mich mit minutenlangen Monologen zu beehren. Als hätte ich nichts Besseres mit meiner Zeit anzufangen.

Die Welt spielt verrückt.

Zum Glück kommst du in einer Woche zurück nach London. Dieser Wahnsinn muss ein Ende haben. Allein weiß ich nicht damit umzugehen, außer zu sagen, sie sollten sich an dich wenden.

20. Mai 1891

Allerliebste Animant,

nun bin ich schon seit drei Wochen wieder in London und es ist gefühlt überhaupt nichts passiert. Ich weiß, Liebende schreiben sich romantische Zeilen, doch ich habe keine Idee, was ich dir mitteilen soll.

Der Bibliotheksbetrieb läuft wie immer. Oscar und Cody sind überraschenderweise froh, mich zurückzuhaben. Sie fragen ständig nach dir. Vor allem Cody.

Die Nachricht unserer Verlobung verbreitete sich wie ein Lauffeuer. Bei Gott, wie kann es sein, dass es etwas gibt, über das ich mit niemandem gesprochen habe und das trotzdem jeder erfährt. Ich verstehe die Tratschwütigkeit der Menschen nicht.

Sogar Mrs Christy weiß es schon und lässt grüßen.

Irgendwas muss passiert sein. Sonst hat sie immer verschreckt Reißaus genommen, sobald ich das Haus betrat. Und nun scheint sie sich berechtigt zu fühlen, mich mit minutenlangen Monologen zu beehren. Als hätte ich nichts Besseres mit meiner Zeit anzufangen.

Die Welt spielt verrückt.

Zum Glück kommst du in einer Woche zurück nach London. Dieser Wahnsinn muss ein Ende haben. Allein weiß ich nicht damit umzugehen, außer zu sagen, sie sollten sich an dich wenden.

Deine Freundin Elisa Hemmilton hat mich vor ein paar Tagen in der Bibliothek aufgesucht, um eine Nachricht von Miss Brandon-Welderson zu überbringen. Wieso hast du nie erwähnt, dass Miss Hemmilton ihr Schützling ist? Oder habe ich es nur vergessen?

Zumindest ist es eine angenehme Abwechslung, per Brief zu kommunizieren, anstatt dass sie hier persönlich auftaucht. Vor allem, weil ich den freien Platz im Schrank mit Büchern vollgestellt habe.

Miss Hemmilton hat sich zudem persönlich bei mir entschuldigt wegen des Piratenkomplotts, das ihr beide euch erdacht hattet. Sie ist wirklich ein vorlautes Ding, das man nur in edle Kleidung gesteckt hat, um den Anschein von Schicklichkeit zu erwecken.

Ich kann nicht umhin, dich für die Wahl deiner Vertrauten zu beglückwünschen. Es schmeichelt mir sehr, dass du dich mit Menschen umgibst, die ich mögen kann.

Außerdem hat dein Onkel mich beehrt. Ich weiß allerdings nicht, wie ich sein Verhalten deuten soll. Eine brenzlige Mischung aus unterdrücktem Ärger und dem Zwang, mich nun als Teil der Familie akzeptieren zu müssen. Ich hätte laut über ihn gelacht, hätte ich nicht fürchten müssen, er würde mir dann den Kopf abbeißen.

Wirklich. Die Welt spielt verrückt. Komm schnell zurück, bevor ich am Ende ebenfalls dem Wahnsinn anheimfalle.

Was wäre das denn, wenn ein Mann mit meinen Charakterschwächen beginnen würde, sich mit anderen Menschen über unsere Verlobung auszutauschen. Nicht auszudenken, welch einen Schaden ich anrichten könnte.

Bring mir bitte den Roman über *Jackson Throug's Reise nach Indien und zurück* mit. Den konnte ich bei euch nicht beenden.

In aller Liebe, die meinem Herzen zu Verfügung steht

dein Thomas

Thomas Reed

Ich habe eine Schwäche für mürrische Männer. Die stillen, die man erst knacken muss. Mit denen man viel Zeit verbringt, ehe man versteht, wie sie denken und fühlen, weil sie nicht leicht zu lesen sind.

Sogar wenn man sie selbst erfindet.

Thomas Reed war nicht nur eine Herausforderung für Animant, sondern auch für mich. Wie schreibt man eine Person, die erst unsympathisch wirken muss, obwohl man sie von vornherein liebt?

Animant lernt ihn zu Anfang als unhöflichen und arroganten Mann kennen, der auf sie herabsieht und mit Arbeit überschüttet, um sie schnellstmöglich wieder loszuwerden. Doch mit jeder neuen Facette, die sie von ihm kennenlernt, wandelt sich das Bild, das sie sich von ihm gemacht hat.

Mir war immer ganz wichtig, dass sich Mr Reeds Charakter nicht verändert. Ich wollte keine Geschichte, wo er am Anfang der böse Schuft ist und seine schlechten Eigenschaften mit den wachsenden Gefühlen für sie ablegt. Ich wollte einen beständigen Charakter.

Er ist anfangs unhöflich und am Ende immer noch, er wird es nie schaffen, Ordnung zu halten, und schaffte es, Animant gleichzeitig zu beleidigen und ihr ein Kompliment zu machen.

Was sich verändert, ist Animants Perspektive. Sie versteht, wie er es meint, worauf er Wert legt und was ihn ausmacht.

Außerdem bekommt sie durch ihn auch ihre eigenen Fehler vorgehalten, wie bei einem Spiegel, selbst wenn sie das in den ersten Kapiteln von *Staubchronik* nicht so sieht.

Das sorgt für einiges Konfliktpotenzial.

Am liebsten schreibe ich Gefühlsregungen und hitzige Diskussionen oder Streit. Bei Animant und ihrem Bibliothekar war mir das eine besondere Freude, ihre Dickköpfe aufeinander krachen zu lassen.

›Inside Mr Reed‹

oder was zwischen dem letzten und dem wirklich letzten Kapitel passierte

Nur irgendeine Frau, hatte er gedacht, als er sie das erste Mal gesehen hatte. Wie sie an der Seite ihres Onkels in die Bibliothek hereinspaziert kam, den Kopf hoch erhoben, die Haltung einer reichen Lady, die glaubte, die Welt schuldete ihr etwas, hatte er nur daran denken können, sie schnellstmöglich wieder aus seinen heiligen Hallen zu vertreiben.

Wie hätte er damit rechnen können, dass ihre Augen nicht so glänzten, weil der Wind draußen schneidend kalt gewesen war, sondern weil sie genauso empfand wie er, als er die Bibliothek das erste Mal betrat. Die Flut an Büchern, die das Herz höherschlagen ließ, und das prickelnde Locken von Wissen.

Er hatte gedacht, sie wieder loszuwerden wäre ein Leichtes. Ein verwöhntes Mädchen an den Rand der Verzweiflung zu treiben, müsste für ihn ein Kinderspiel sein.

Doch mit Kinderspielereien hatte das, was er gerade empfand, nichts mehr zu tun.

Draußen schneite es unermüdlich und die klirrende Kälte drückte gegen die Fensterscheiben. Verbissen wickelte sich Thomas Reed enger in seinen Mantel, da er sich nicht die Mühe gemacht hatte, im Nebenraum den Kamin anzuheizen, und verbot sich den Gedanken daran, dass sie es gemacht hätte, wäre sie jetzt hier.

Denn sie war nicht hier. Und es war besser so.

Zumindest redete er sich das weiterhin ein, klammerte sich daran wie an einen Rettungsring auf hoher See.

Angestrengt lenkte er seine Aufmerksamkeit zurück auf den Brief, den er zu schreiben hatte, und seufzte genervt auf, als er bemerkte, dass er mit seinem Füllfederhalter schon wieder Tintenklekse auf das Papier gemacht hatte, während seine Gedanken abgeschweift waren.

Verdammt, was war denn heute los mit ihm? Sollte das mit den Wochen nicht besser, anstatt schlimmer werden? Hieß es nicht, dass Zeit alle Wunden heilte?

Er legte das Schreibwerkzeug irgendwo in dem heillosen Chaos auf seinem Tisch ab und verschob das Schreiben des Briefes auf später. Zu wenig Konzentration.

Dafür hätte er mehr schlafen müssen. Doch der Schlaf war ihm ferngeblieben, nachdem er gestern die Kiste mit den letzten Büchern aus Übersee ausgepackt hatte, die nach dem Debakel mit dem Überseekoffer ersetzt werden mussten.

Das hatte ihn aus seiner stoischen Ruhe gerissen und wieder den Finger in die Wunde gelegt, die sein zerstörtes Herz war. Er hatte sich an den Morgen zurückversetzt gefühlt, als ihn Regen, Scherben und zerstörte Bücher hier erwartet hatten. Sie war zu spät gekommen, durch den starken Wind aufgehalten, und er hatte befürchtet, dass sie gerade an diesem Tag schlussendlich doch noch die Nase voll gehabt hatte von seinen Spitzen.

Er wusste, sie hatte Kampfgeist, das bewies sie ihm jeden Tag, den sie sich durchbiss und Haltung bewahrte. Erstaunlich zu beobachten, und doch war die Frage geblieben: Wieso? Wieso stellte sich ein reiches Mädchen in eine Bibliothek und arbeitete sich die Finger wund?

Doch als sie die Treppe zu ihm hinaufgerannt kam und die Zerstörung der Bücher gesehen hatte, wurde ihm schlagartig bewusst, was den Grund für all das darstellte. Tränen standen in ihren bewölkt blauen Augen, das weiche Gesicht im völligen Entsetzen verzerrt, als habe sich ein Mord vor ihren Augen abgespielt.

Sie war hier wegen der Bücher.

Vielleicht auch aus Trotz oder Stolz oder sonst irgendwas. Aber tief in ihrem Herzen waren es die Bücher.

Wie hätte er ein Mädchen hinausekeln können, das hier hergekommen war wie er vor all den Jahren, als er noch ein Metzgersjunge gewesen war und mit seinen schmutzigen Fingern ehrfürchtig über die Buchrücken gestrichen hatte.

Konventionen und Gesellschaftsstände hatte er überwunden, um Bibliothekar zu werden. Und sie war dabei, das Gleiche zu tun.

Animant Crumb.

Er musste ihren Namen nur denken und es wärmte seine Seele im gleichen Maße, wie es sie in Stücke zerriss. Ihr ironischer Blick, das immer höfliche Lächeln auf den Lippen, welches bloß ihre wahren Gedanken verschleierte; die Art, wie sie über seine mürrischen Anwandlungen spottete.

Ein Klopfen an der Tür holte ihn in die Gegenwart zurück.

»Herein«, rief er unwirsch, obwohl er lieber allein geblieben wäre. Doch es half nichts, sie alle auszuschließen. Er hatte nun mal eine Bibliothek zu leiten. Auch ohne sie.

»Mr Reed«, sprach Oscar ihn höflich an und räusperte sich, den Blick gesenkt, die Haltung sprungbereit, um Thomas Reeds Launen zu entgehen, sollten sie ihn wieder dazu bringen, Briefbeschwerer nach seinen Gehilfen zu werfen.

»Was gibt es, Oscar?«, fragte er, bemüht, seine schlechte Laune nicht so zur Schau zu stellen wie in den vergangenen sechs Wochen.

Sechs Wochen. Er konnte es kaum glauben, dass er schon so lange ohne sie überlebte.

Er hielt sich eher schlecht als recht. Früher hatte er seinen Status als Sonderling immer genossen, weil er niemandem etwas hatte vorspielen müssen. Bis sie sich in sein Herz geschlichen hatte.

Es war jener Tag gewesen, an dem der Unfall passierte.

Gerade hatte er einen Antrag fertig gemacht und war erstaunt darüber gewesen, wie schnell es sich arbeiten ließ, wenn in seinem Büro Ordnung herrschte. Natürlich hätte er das Animant gegenüber niemals zugegeben und war, trotz ehrlicher Bemühungen, auch nicht imstande, diese Ordnung aufrechtzuerhalten.

Das laute Krachen von Metall auf Metall hatte ihn auffahren lassen. Im Gegensatz zum stetigen Klackern der Suchmaschine, das in seinem Büro deutlich zu hören war, klang es nicht nach einem natürlichen Geräusch.

Sofort sprang er von seinem Stuhl auf und eilte hinüber, in der Angst, etwas an der Mechanik wäre zersprungen und würde demnächst die ganze Maschinerie lahmlegen. Denn das hätte sich keiner von ihnen leisten können.

Doch die Tür stand offen und weiter hinten erblickte er die Kiste mit den schmalen Karten, auf die Animant Crumb Schlagwörter graviert hatte.

Ein Schreck zog durch seinen Körper, sehr viel heftiger als erwartet. Er rief ihren Namen, bekam eine Antwort, so kläglich, dass er auf der Stelle zu ihr stürmen wollte.

Seine starke Kämpferin gebrochen, zitternd und weinend in seinen Armen aus der Maschine zu tragen, hatte seine Seele bewegt, ihn in einen Abgrund gerissen, der ihren Namen trug.

Und der Blick, als sie zu ihm aufsah und ihm dankte, sie gerettet zu haben, Augen, die ihn zu ihrem Ritter erhoben, besiegelte sein Schicksal.

Und auch wenn er es sich bis zu diesem Walzer im Kerzenlicht eines Balles nicht hatte eingestehen wollen, sehnte er sich danach, diesen Blick wieder auf sich zu spüren, ihr Retter zu sein und sie wie an jenem schicksalhaften Tag auf seinen Armen zu tragen, wohin sie ihre Reise auch leiten würde.

Doch das ging nicht beides. Es hatte sich herausgestellt, dass er sie entweder auf Händen tragen oder ihr Retter sein konnte.

Hätte er ihr erlaubt zu bleiben, hätte er sie ins Unglück gestürzt. Da war er sich ganz sicher. Auch wenn er sich des Nachts, wenn er sich auf der Suche nach Schlaf hin und her wälzte, erträumte, dass er für sie genug hätte sein können.

»Einer der Studenten benötigt Beratung«, teilte Oscar ihm mit und Thomas Reed schnaubte.

»Wo ist denn Mr Chamberly?«, wollte er mürrisch wissen und konnte sich schon denken, was aus dem einfältigen Tropf geworden war.

»Der hat gestern gekündigt, Sir«, bestätigte es ihm Oscar und er nickte. Noch ein Assistent, der ihr nicht das Wasser hatte reichen können. Wie auch, sie war perfekt gewesen.

Der Gedanke, sich jetzt mit der Unzulänglichkeit mancher Studenten auseinanderzusetzen, die es nicht einmal schafften, das Alphabet rückwärts durchzugehen und daher ihre Bücher nicht fanden, war nicht gerade das, was ihm als Ablenkung für seine Gedanken vorschwebte. Doch er würde nehmen, was er kriegen konnte.

»Er wartet bei den Rechtswissenschaften«, erklärte Oscar schnell, als der Bibliothekar die Lesebrille von der Nase nahm und sich an die Weste steckte.

»Ich kümmere mich darum. Danke, Oscar«, brachte er heraus und begegnete dem verwunderten Blick seines Angestellten. Oscar nahm schnell Reißaus und verschwand lautlos aus dem Büro.

Thomas Reed schüttelte den Kopf und wusste gleichzeitig, dass es seine eigene Schuld war. Oscar und Cody gingen ihm aus dem Weg. Jeder, wenn nur möglich, ging ihm aus dem Weg.

Hätte es die Wahl gehabt, er wäre sich selbst aus dem Weg gegangen.

Doch er musste mit sich leben. Mit der schlechten Laune und den selbstsüchtigen Träumen, in denen das Mädchen wieder in seiner Wohnung saß und ihre Finger die Seiten eines Buches umblätterten. Den Blick auf das Geschriebene gerichtet, in Gedanken versunken zwischen den Zeilen, bis er zu ihr trat und sie den Kopf hob. In seinen Träumen tat er dann das, was er sich im wirklichen Leben so streng verboten hatte; er küsste sie.

Hätte er sie bloß geküsst.

Thomas Reed zog seine Weste zurecht, nahm sich zusammen und verließ das Büro auf den Rundgang. Grau hingen die Wolken am Himmel und zogen schnell über die Glaskuppel hinweg, durch die das spärliche Licht des neuen Jahres hereinfiel.

Nein, besser so, dass er sie nicht geküsst hatte. Sonst gäbe es nur noch etwas, was er vermisste. Noch eine Erinnerung, die ihn heimsuchte, wenn er die altbekannten Orte betrat, die Bibliothek, seine Wohnung. Am schlimmsten das kleine Zimmer, in dem sie gewohnt und das er wieder mit Büchern vollgestellt hatte.

Er hätte nie zulassen dürfen, dass sie dort einzog, so direkt neben ihm. Als er ihr das Zimmer zeigte, war er fest davon ausgegangen, dass sie es ablehnen würde, da sie sich sicher vor dem unkomfortablen Leben scheute. Doch das hatte sie nicht.

Unbehagen hatte ihn befallen bei dem Gedanken, eine Frau neben sich einziehen zu lassen, vor allem, nachdem sich der Moment, als er sie auf den Armen aus der Maschine getragen hatte, immer tiefer in sein Herz fraß.

Den Schlüssel für die Durchgangstür händigte er ihr auf der Stelle aus, auch wenn er ihn für gewöhnlich selbst behielt, weil er den Trotteln, die das Zimmer in der Vergangenheit bewohnten, nicht die Gelegenheit geben wollte, in seine Wohnung einbrechen zu können.

Doch damals traute er Animants strengem und geradlinigem Gemüt mehr Stärke zu als sich selbst und hatte sich selbst die Versuchung genommen, in dem Wissen, das Zimmer nicht betreten zu können.

Und dann war sie zu ihm gekommen. Als er sich im Fieber mit seiner Verliebtheit gequält hatte, der er nach dem Ball so sehr verfallen war, dass er im Regen nach Hause lief, um seine unruhige Seele wieder zu beruhigen.

Seine starrköpfige und wundervolle Animant.

Wie viele schlaflose Nächte hatte es ihm bereitet, sie nur wenige Zimmer weiter zu wissen. Und wie viele jetzt, wo sie nicht mehr dort war.

Noch während er die Stufen nach unten stieg, kehrten seine Gedanken ins Hier und Jetzt zurück und er ging die wenigen Schritte zu einem der paar Studenten, die sich so kurz nach Neujahr schon wieder ihrem Universitätslehrstoff widmeten. Dieser hob sofort den Blick, war Thomas Reed jedoch unbekannt und mit so einfältigen Fragen bewaffnet, dass er ihn am liebsten davongejagt hätte. Er hielt sich nur mit Mühe im Zaum, dem Schwachsinnigen nicht sofort an den Kopf zu werfen, dass er mit einer so geringen Auffassungsgabe nie zum Abschluss eines Studiums der Rechtswissenschaften gelangen würde.

Als jedoch ein anderer Student zu ihnen trat, um zielgerichtet eines der Bücher aus dem Regal zu fischen, verpuffte all der Ärger in der Lunge des Bibliothekars und hinterließ bloße Atemlosigkeit. Der junge Mann war hochgewachsen, murmelte leise vor sich hin, während er nach einem zweiten Buch suchte, und war seiner Schwester wie aus dem Gesicht geschnitten.

Thomas Reeds Herzschlag beschleunigte sich und Nervosität kroch ihm in die Finger. Dabei war es nur ihr Bruder, Henry. Doch er war eine direkte Verbindung zu dem Mädchen, das er so brennend vermisste.

Wie ging es ihr? War sie immer noch in ihrem Elternhaus, weit draußen, irgendwo in der Nähe von Bath? Was tat sie mit ihrer Zeit? Was las sie gerade? Dachte sie ab und zu an ihn?

Die Fragen versengten ihm die Zunge, als er sie mühsam in sich behielt, sie nicht hinausbrüllte.

Henry Crumb hob den Kopf, als hätte er gespürt, dass jemand ihn ansah, und nickte Thomas Reed freundlich zu, als sich ihre Blicke trafen.

»Mr Reed«, grüßte er ihn sogar und der Bibliothekar trat auf ihn zu, den anderen Studenten völlig vergessen.

»Mr Crumb. Gut, Sie zu sehen«, entgegnete er dem jungen Mann und konnte die verräterische Anspannung aus seinen eigenen Worten heraushören.

»Wirklich?« Henry Crumb schien überrascht, als wüsste er sofort, dass Thomas Reeds Aussage nur aus eigennützigen Hintergedanken bestand.

Angestrengt versuchte dieser Unschuld zu heucheln, war aber viel zu überspannt, um dieses Kunststück zu vollbringen. Aus seinem Mund kam lediglich Schroffheit.

»Wie geht es Ihrer Schwester? Haben Sie sie gesprochen?«, brachte er mühsam heraus, da ihm die Worte auf der Zunge klebten.

Henry Crumb nickte, schien seinen unfreundlichen Ton zu überhören und lächelte sogar. »Ja, zu Weihnachten war ich zu Hause. Ich denke, sie vermisst London sehr«, behauptete er und bedachte Thomas Reed mit einem prüfenden Blick, der den Bibliothekar innerlich zusammenzucken ließ.

Wusste er womöglich alles und spielte seine höfliche Freundlichkeit so brillant, wie es Animant zu tun vermochte?

»Hat sie Ihnen gesagt, was vorgefallen ist?«, fragte er daher und der junge Student schüttelte den Kopf.

»Nein, Mr Reed«, antwortete er, sein Lächeln wurde verkrampft und er seufzte leise. »Doch das ist nicht weiter verwunderlich, da meine Schwester seit einigen Wochen fast gar nicht mehr spricht.«

Eine unsichtbare Hand griff nach dem Herzen in Thomas Reeds Brust und zerdrückte es unbarmherzig. Er hatte sich in den schwachen Momenten gern vorgestellt, wie sie zu Hause saß, den Blick in die Ferne gerichtet, und genauso litt, wie er es jeden Tag tat.

Doch gewünscht hatte er es sich natürlich nicht für sie. Er wollte sie in die Zukunft blicken wissen. Stark und kämpferisch, das Haupt hoch erhoben, mit Güte in den Augen und Spott auf der Zunge.

»Liest sie denn?«, erkundigte er sich und wusste, dass eine gute Geschichte über vieles hinwegtrösten konnte. Ganz selten, wenn er die Konzentration dafür aufbrachte und im Geiste für ein paar Momente in einem Roman versank, fiel es auch ihm leichter zu atmen.

»Manchmal«, sagte Henry Crumb jedoch und sein Ausdruck machte deutlich, dass auch er es bedenklich fand.

Thomas Reed schluckte hart. »Manchmal?«, wiederholte er ungläubig.

Eine Animant, die nicht las, konnte nicht der Wirklichkeit entsprechen. Die Schuldgefühle brachen sich Bahn, fielen über ihn her, erdrückten ihn beinahe und sein Gesichtsausdruck entglitt ihm völlig.

»Sie sorgen sich um sie?«, wollte Henry wissen, doch der Bibliothekar hoffte, dass es sich um eine rhetorische Frage handelte, denn er schaffte es nicht, darauf zu antworten, klammerte sich lediglich mit der Hand an eines der Regale. Konnte es wahrhaftig so schlecht um sie bestellt sein, dass sie ihre größte Leidenschaft vernachlässigte?

»Mr Reed?«

Doch wenn dem wirklich so war, gab es etwas, was er tun konnte? Sollte er ihr womöglich ein Buch schicken? Durfte er sich überhaupt einmischen?

»Mr Reed!«

Thomas Reed hob den Blick und sah direkt in die blauen Augen seines Gegenübers. Es war erschreckend und faszinierend zugleich, wie sich die Gesichtszüge von Henry und Animant ähnelten.

»Sie lieben meine Schwester«, stieß Henry ganz plötzlich aus, als hätte er es in seinem Gesicht gelesen, und Thomas Reed richtete sich sofort kerzengerade auf.

Sein Puls schoss in die Höhe, seine Pupillen weiteten sich und er schnappte nach Luft, als der Schreck ihm unerwartet heftig die Luft aus der Lunge drückte.

»Mr Crumb, das ist … Sie sollten … da nicht zu voreilige Schlüsse ziehen«, brachte er stockend heraus, doch der junge Mann hörte ihm gar nicht zu, schüttelte nur fasziniert den Kopf und strich sich das dunkelblonde Haar zurück.

»Das erklärt einiges«, flüsterte er mehr zu sich selbst und Thomas Reed verschränkte abwehrend die Arme vor der Brust, weil er sich nicht besser zu helfen wusste.

»Ach wirklich?«, schnaubte er lediglich und Henry hob überraschend den Blick wieder zu ihm, durchbohrte ihn förmlich mit seinem Forschertrieb.

»Was ist passiert? Ich meine, Ani hat London Hals über Kopf verlassen. Und das, obwohl offensichtlich ist, dass sie an schrecklichem Liebeskummer leidet«, fragte er und ein Hauch Misstrauen legte sich in seine Haltung.

»Ich habe Ihre Schwester nie angerührt!«, verteidigte sich der Bibliothekar sofort und löste seine Arme aus der Verschränkung. Wenn er etwas nicht wollte, dann, dass Henry Crumb falsche Schlüsse zog.

Dieser lachte jedoch und mäßigte sich gleich wieder, da seine Stimme viel zu laut durch den Lesesaal tönte. »Mr Reed, das hätte ich Ihnen niemals vorgeworfen«, senkte er die Stimme und trat einen Schritt näher heran, um das Gespräch vertrauter fortzuführen. »Auch wenn es für manche schwer zu glauben scheint, ist meine Meinung von Ihnen exzellent und ich halte Sie für einen anständigen und großen Mann.«

Das war selbst für Thomas Reed schwer zu glauben und er hob skeptisch die Augenbrauen. »Das überrascht mich«, gestand er und Henry grinste nur.

»Aber Sie lieben sich«, kam der auf das eigentliche Thema zurück, dass der Ältere so gar nicht zu besprechen wünschte. Nicht mit Henry Crumb. Und auch mit sonst niemandem.

Am liebsten hätte er es einfach vergessen, wusste aber genau, dass er das nicht konnte. Er hatte schon einmal eine unglückliche Liebe überwunden, doch diese war bei Weitem nicht vergleichbar mit dem, was er für Animant Crumb empfand.

Wieder sprang sie in seine Gedanken, zählte altklug Buchtitel und Autorennamen auf und schenkte ihm einen Augenaufschlag, von dem sie sich selbst nicht bewusst war, wie sehr er ihn in ihren Bann zog.

»Ich weiß es nicht. Miss Crumb hat sich mir nie offenbart«, behauptete er und schmeckte die Lüge bitter seinen Rachen nach unten fließen. Sie hatte es nie in Worte gefasst, doch er hatte es ganz genau gewusst.

»Aber Sie wissen, dass sie Sie liebt«, kam Henry genau auf den Punkt und Thomas Reed schnaubte laut, konnte sich nicht weiter gegen dieses Gespräch wehren. Natürlich hätte er einfach weggehen, sich wieder im Büro einschließen und seinen Kopf in die Arbeit stecken können. Doch es ging nicht. Henry war zwar nicht seine Schwester, er verspürte aber ein klein wenig Nähe zu ihr, wenn er mit ihm sprach. Und das so einfach abzutun, wäre zu hart für ihn. Auch wenn er sie niemals haben konnte.

»Mr Crumb, selbst wenn es so wäre, hätte das doch keine Bedeutung. In den letzten Tagen ihrer Anstellung hatte Animant …« Er räusperte sich. »… hatte Miss Crumb großen Kummer wegen einer familiären Angelegenheit, die …«

»Meine Verlobung mit Rachel«, ergänzte Henry Crumb offenherzig, der sofort wusste, worum es sich handelte, und der Bibliothekar war froh darüber, dass er es nicht hatte aussprechen müssen. Schließlich waren dies Umstände, in die er sich nicht einzumischen hatte. Genau genommen sollte er über solch private Dinge anderer nicht einmal Bescheid wissen.

»Ja«, sagte er daher nur und hielt Henry Crumbs Blick nicht stand, der ihn so forschend musterte, als könnte er ihm direkt in den Kopf sehen.

»Sie waren ihr Vertrauter?«

Thomas Reed schüttelte den Kopf. »Sie erwähnte lediglich, dass Ihr Vater diese Verbindung für keine gute Partie hielt«, sprach er die verhassten Worte aus und wollte daran ersticken. Das war der Anfang vom Ende gewesen, der Todesstoß seiner Hoffnungen, die daraufhin jämmerlich verendeten und ihn allein in der Dunkelheit zurückließen.

Henry holte tief Luft und stieß sie dann langsam wieder aus. »Ach du meine Güte«, seufzte er. »Ich verstehe. Aber Sie liegen falsch, Mr Reed.«

»Wie bitte?« Verwirrt hob der Bibliothekar den Kopf, dachte sich verhört zu haben. Sein Herz setzte einen Schlag aus und sein Kopf begann zu dröhnen von all den winzigen Hoffnungsfunken, die er grausam im Keim erstickte.

»Haben Sie meine Schwester abgewiesen, weil Sie davon ausgingen, mein Vater würde dieser Verbindung nicht zustimmen?«, traf Henry Crumb direkt ins Schwarze und wedelte mit dem Buch, das er in Händen hielt, in der Luft herum. »Ach, antworten Sie nicht, ich sehe es schon in Ihrem Gesicht!«, schnaubte er energisch und sah Thomas Reed direkt in die Augen. »Lieben Sie meine Schwester?«

»Mr Crumb, ich …«, stammelte dieser in seinem Unbehagen und der Student stieß ihm schmerzhaft den Zeigefinger in die Brust, sodass er nach hinten getaumelt wäre, hätte er sich nicht immer noch am Regal festgehalten.

»Lieben Sie meine Schwester? Einfache Frage, ja oder nein«, drängte er ihn und Thomas Reed schien der Schädel zu zerspringen.

»Ja«, brachte er kaum hörbar hervor und öffnete damit Pforten in den hintersten Winkel seines Seins.

Henry stieß ihm den Finger ein zweites Mal gegen das Brustbein. »Dann schreiben Sie ihr, Sie Wahnsinniger!«, zischte er wie eine gefährliche Schlange, und sein Blick verfinsterte sich zunehmend. »Denn Sie unterliegen einem schweren Irrtum.«

Animant hatte es wirklich verstanden, den Bibliothekar mit ihrer Wut zu überrumpeln, sodass er keine Wahl gehabt hatte, als klein beizugeben. Und Henry stand seiner Schwester da in nichts nach.

»Mein Vater stimmte anfangs meiner Verlobung nicht zu, weil Rachel jüdischer Abstammung ist. Dies hier hatte nichts mit Geld oder gesellschaftlichem Stand zu tun. Und um Sie vollends zu überzeugen, lade ich Sie gern zu unserer Hochzeit ein. Sie findet am achten April statt.«

Thomas Reed war fassungslos, spürte die Gedanken durch seinen Kopf rasen, brauchte zu lange, um diese ihm völlig neuen Informationen richtig einzuordnen.

»Ihr Vater hat zugestimmt?«, fragte er fassungslos und konnte es nicht begreifen, wollte es vielleicht auch nicht, weil dies für ihn mehr bedeuten würde, als er in seinem labilen Zustand tragen konnte.

»Mein Vater ist bei Weitem nicht so verbohrt, wie Sie ihn sich vorstellen. Auch er erkennt wahrhaftige Liebe, wenn er sie sieht«, ergänzte

Henry und machte eine wegwerfende Handbewegung. »Außerdem wäre es für jemand wie Sie, ein studierter Mann in einer Leitungsfunktion, ein Leichtes, meinem Vater als Schwiegersohn zu gefallen.«

»Das ist …« Thomas Reed musste erst einmal tief durchatmen. Er war immer davon ausgegangen, dass er für Animants Familie nicht gut genug wäre und dass sich die Meinung ihres Vaters ganz sicher nie ändern lassen würde.

Wahrscheinlich, weil er von seinem eigenen Vater ausging, der ihm nach all den Jahren immer noch nicht vergeben hatte, dass er kein Metzger geworden war und stattdessen eine akademische Laufbahn eingeschlagen hatte. Wie hatte er so irren können?

»Ich kann ihr doch nicht so einfach schreiben«, brachte er heraus und eine Welle aus Schuld riss ihm die Beine weg. Er hatte Animant gehen lassen, geglaubt, in seiner Weisheit alles durchschaut zu haben, und musste jetzt feststellen, wie falsch er gelegen hatte.

»Doch, natürlich können Sie«, hielt Henry Crumb dagegen. »Und wenn Sie es nicht tun, schwöre ich Ihnen, werde ich jeden Tag hier vorbeikommen und Ihnen in den Hintern treten, bis Sie es tun«, knurrte er und zeigte seinen scharfen Ärger, den nur große Brüder auf diese Weise empfinden konnten. »Wenn Animant sich wegen Ihnen weiterhin die Augen aus dem Kopf heulen muss, obwohl Sie sie ebenfalls lieben, werde ich meine gute Meinung von Ihnen aufgeben müssen, Mr Reed!«, fügte er verbissen hinzu, klemmte sich demonstrativ das Buch unter den Arm und bedachte den Bibliothekar mit einem so mörderischen Blick, dass Thomas Reed ein kalter Schauer schüttelte. »Wir sehen uns morgen«, vollendete der junge Mann seine Drohung und ging davon, zurück zu seinem Tisch, auf dem sich die Lehrbücher nur so stapelten.

Den Rest des Tages verbachte Thomas Reed wie in Trance. Immer und immer wieder spielte sich in seinen Gedanken das Gespräch ab, das er mit Henry Crumb geführt hatte, und er konnte einfach nicht begreifen, wie er so irren konnte.

Er hatte Animant Crumb absichtlich verletzt, davongejagt, um ihr sinnlosen Schmerz zu ersparen, nur um jetzt festzustellen, dass er ihr damit genau diesen zugefügt hatte.

Erst als er abends bis in die Knochen erschöpft ins Bett sank und die kalten Laken unter seinen Händen spürte, begriff er, was das alles bedeutete. Jede Nacht, wenn er schwach von Müdigkeit seinen Träumen nachgehangen hatte, sich wünschte, Animant bei sich zu haben, lachend in der Stube, lesend auf dem Sofa, schlafend in seinen Armen, waren dies nichts weiter als quälende Sehnsüchte gewesen, die sich niemals erfüllen würden.

Doch jetzt wusste er, dass er sich nur selbst im Weg gestanden hatte. All dies konnte Wirklichkeit werden.

Schuldgefühle und Trennungsschmerz trieben ihn wieder aus dem Bett, obwohl die Müdigkeit ihn langsam machte. Er schüttelte sich, schlug sich mit den Händen auf die Wangen, um sich selbst zu wecken, und schritt zurück in die Stube, entzündete die Laterne, die immer auf seinem Schreibtisch stand.

Unendlich viele Worte kreisten durch seinen Kopf bei dem Gedanken, einen Brief zu schreiben, und trotzdem fand er keinen Anfang. Eben setzte er sich auf seinen Schreibtischstuhl, um Papier und einen Füllfederhalter zur Hand zu nehmen, da stand er schon wieder auf, um unruhig durch den Raum zu schreiten.

Liebste Animant, begann er und fühlte die Schuldgefühle noch stärker aufsteigen, wie sie ihm den Brustkorb enger schnürten, ihn zu ersticken drohten.

War sie denn noch seine liebste Animant? Durfte er sich wirklich anmaßen, das Wort in dieser Art an sie zu richten?

Sehr geehrte Miss Crumb, schrieb er auf die Seite, schüttelte genervt den Kopf und zerknüllte das Papier.

Meine Güte! Er war schließlich kein Autor, kein Lyriker und auch nur ein sehr bescheidener Romantiker. Wie sollte er jemals zu Papier bringen, wie sehr er sie liebte, was mit seinem Herz geschah, wenn sie spitzbübisch grinste, wenn ihre Augen Funken sprühten vor Wut, wenn sie ihm so nah war, dass es nur einer einfachen Bewegung bedürfte, sie zu küssen.

Wieso hatte er sie nie geküsst?

Fahrig fuhr er sich mit der Hand durchs Haar. Es war nicht ganz richtig, denn er hatte sie geküsst. Nur auf die Stirn und nur ein einziges Mal, aber er hatte es mit Genuss getan.

Seine Erinnerungen wanderten zu jenem Abend im *Fingerhut,* zusammen mit seinen Brüdern. Sie hatten Animant dazu gebracht, mit ihnen zu kommen, nur um ihn zu zwingen, ebenfalls dabei zu sein. Das konnte er ihnen noch vergeben; den Spaß, den sie sich mit dem Mädchen gemacht hatten, jedoch weniger.

Seine Sorge war gravierend gewesen, musste er doch bangen, dass die Menge an Alkohol, die man ihr heimlich eingeflößt hatte, sie umbringen könnte. Er war sich sicher, dass zumindest Jimmy sofort bemerkte, wie es um sein Herz stand, nachdem er so aufbrausend reagierte und Animant nach Hause brachte.

Zum Narren hatte er sich geredet, als er versuchte, sie in der Kutsche wach zu halten, und durch den leichten Rausch, den auch er spürte, nahm er sich viel zu viel heraus. Eine Hand an ihrer sanften Taille, der Geruch ihres Haars in der Nase, ihre Wärme ganz nah an seinem Körper. Hunderttausend Versuchungen in seinen Gedanken.

Schlussendlich schlief sie doch ein und er konnte nur hoffen, dass sie den Rest seiner Worte nicht mehr wahrgenommen hatte, als er ihr gestand, nie höflich und charmant genug sein zu können, um ihr zu genügen. Es war zwar die Wahrheit, aber eine traurige.

Auf seinen Armen trug er sie in ihr Zimmer, fühlte sich wie ein edler Ritter, der er nicht war, da er ihre Lage schamlos ausnutzte, als er ihr die Lippen auf die Stirn drückte, um nur ein winziges bisschen ihrer weichen Haut zu kosten.

Thomas Reed schlug mit der Faust auf den Schreibtisch, vergrub sein Gesicht in den Händen, fühlte die Welt über ihm zusammenbrechen, weil er nicht wusste, wie er es schaffen sollte, ihr zu schreiben.

Hätte er Alkohol im Haus gehabt, er hätte sich großzügig daran bedient. Doch durch eine solch schlimme Zeit war er bereits durch und er hatte sich geschworen, es nicht zu wiederholen. Der Alkohol brachte keine Erleichterung für ihn, stürzte ihn stattdessen nur noch tiefer in all die Gefühle, die in seinen Adern brannten und ihn Tag für Tag schlimmer vergifteten.

Er zerknüllte den nächsten Versuch, die richtigen Worte zu finden, und den übernächsten auch, ärgerte sich über seine eigene Schwäche und die Theatralik seines Geistes, die so dumm wie albern war.

Mit seinen eigenen grässlichen Aussagen hatte er sie davongejagt, zugesehen, wie sie weinend die Bibliothek verließ, obwohl er genau gewusst hatte, wie sie empfand.

Seit dem Moment im Schrank hatte er Sicherheit gehabt. Es war viel zu leicht gewesen, sie in den engen Raum zu entführen, und sie viel zu bereitwillig sitzen geblieben, wie unmöglich die Situation auch gewesen war, die er geschaffen hatte.

Leise schimpfend rückte sie immer näher zu ihm, lehnte sich bei ihm an, ließ zu, dass seine Umklammerung zu einer Umarmung zerschmolz und verschränkte schlussendlich ihre Finger mit seinen. Ab diesem Moment war er entschlossen, Animant auf der Stelle zu küssen, doch er fürchtete, dann die deutlichen Reaktionen seines Körpers nicht mehr länger unter Kontrolle halten zu können, und er wollte das Mädchen auf seinem Schoß auf keinen Fall verschrecken.

Also hielt er aus, so lange, bis seine Selbstbeherrschung zur Neige ging und er sich von ihr lösen musste, um nicht völlig den Kopf zu verlieren.

Ihre Wangen waren so heftig errötet, dass er es sich nicht verkneifen konnte, sie zu necken, und sie hatte Reißaus genommen. Doch der Blick aus ihren vergissmeinnichtblauen Augen hatte ihm alles offenbart, was er sich je erträumt hatte.

Er wusste, dass Verliebtheit ihr zuvor fremd gewesen war, da sie auf dem Ball zugegeben hatte, bei dem Anwalt einem solchen Irrglauben erlegen zu sein. Nicht einmal romantischer Literatur schien sie zugeneigt zu sein und er hatte sich oft gefragt, wie man ein solch stures Herz wohl erobern müsste.

Und nun, wo es ihm gehört hatte, trat er es mit Füßen.

Er hatte sie nicht verdient, wusste das mit jeder Faser seines Seins und würde es trotzdem versuchen müssen.

Er merkte gar nicht, wie er sich wieder an den Schreibtisch setzte und einen neuen Bogen Papier zurechtlegte. Doch als seine Feder über das raue Blütenpapier kratzte und die Tinte sich schwarz in die weißen Fasern fraß, wusste er nicht, wie er es ertragen sollte, dass sie nicht da war, dass er sie hatte gehen lassen.

Komm zu mir zurück.

Ein historischer Roman

Eigentlich hatte ich nie vor, einen historischen Roman zu schreiben. Ich dachte immer, recherchieren wäre doof und langweilig, und ich sowieso bei Fantasy viel besser aufgehoben.

Doch die Geschichte von *Staubchronik* beschäftigte mich schon eine ganze Weile und auch das viktorianische Zeitalter hat mich schon immer fasziniert.

Meine Liebe zu dieser Zeit begann mit *Eine Studie in Scharlachrot* von Arthur Conan Doyle, zog sich weiter, als ich in der Ausbildung *Kostümgeschichte* zu meinem Lieblingsfach machte, und erweiterte sich durch diverse Kostümfilme und Kriminalserien.

Zu Anfang tat ich mich wirklich schwer mit dem Recherchieren. Eine Dreiviertelstunde habe ich damit verbracht, herauszufinden, wie man die Berufsgruppe nannte, die damals noch des Abends mit langen Stäben durch die Straßen zog, um die Gaslaternen von Hand zu entzünden.

Und ihr werdet es nicht glauben: Sie hießen Laternenanzünder.

(Stirn meets Tischplatte.)

Aber wenn man einmal damit angefangen hat, kann man gar nicht mehr aufhören. Wusstet ihr, dass man mit Penizillin erst nach 1900 die Cholera heilen konnte? Oder dass wasserfeste Wimperntusche nicht etwa von einem Kosmetiker oder einem Chemiker erfunden wurde, sondern von einer Schauspielerin/Sängerin, der es irgendwann zu blöd wurde, dass ihr die Schminke auf der Bühne immer zerlief?

Wir laden ein
zur
Hochzeit
von
Henry Crumb
&
Rachel Cohen
08. April 1891
Das Vergnügen Ihrer Anwesenheit
wäre uns eine Ehre.

Gedicht an meine Liebste

Von Henry Crumb

Sonnenstrahlen verfangen sich in deinem Haar,
deine zarten Hände schließen sich um eine Tasse Tee
und du lächelst.
Mein Herz lebt nur für dein Lächeln.

Deine Wimpern senken sich sanft auf deine Wangen,
die Welt besteht nur noch aus dir und mir,
wenn wir uns küssen.
Mein Herz lebt nur für deine Lippen.

Du bettest deine Stirn an meine,
das Schattenspiel der Blätter auf unserer Haut.
Deine Seele, warm und hell wie der Sommer.
Mein Herz lebt nur für deine Seele.

Wo du bist, bin auch ich,
denn deine Arme sind mein Zuhause,
dein Herzschlag meine Musik.
Und mein Herz lebt nur für deines.

Henry Crumb

Geschwisterdynamik ist schon etwas Besonderes. Man hasst sich, man liebt sich. Man würde alles füreinander tun und gönnt sich gegenseitig trotzdem nicht das letzte Stück Kuchen.

Als ich mir Animant ausdachte, war mir klar, dass sie kein Einzelkind sein konnte. Sie hatte eher etwas von einer kleinen Schwester.

Also musste ein Bruder her.

Ich habe nicht viel über Henry nachgedacht, bis er plötzlich in der Bibliothek vor ihr gestanden und sie zum Essen ausgeführt hat. Unbewusst bekam er sofort einen Teil von meinem eigenen Bruder eingepflanzt. Den offenen Blick, den neckenden Witz, die Fürsorge für andere. Nur so frech wie mein Bruder ist er dann doch nicht geworden.

Er entwickelte sich jedoch zu einem sehr viel wichtigeren Charakter als erwartet. Seine Aufmunterungen tragen maßgeblich dazu bei, dass Animant nicht schon am zweiten Tag die Segel streicht und wieder nach Hause fährt. Er ist auch der Erste, der keine schlechte Meinung von Mr Reed hat, da er in ihm viele Stärken und Schwächen seiner Schwester erkennt und ihr das auch auf die Nase bindet.

Ich liebe es, wie die beiden sich unterstützen, in allem füreinander da sind, Pläne aushecken und zusammenhalten.

Das hat mir das Herz für Henry Crumb geöffnet und ich dachte mir, dass *Staubchronik* nicht enden darf, bevor nicht auch seine Liebe erfüllt wird. Und so war es dann auch.

Rachel Cohan

Während meiner Recherchen zu *Staubchronik* stolperte ich über einen Artikel zum Antisemitismus.

Wenn man von der Verfolgung von Juden hört, geht es für gewöhnlich ja immer um den Zweiten Weltkrieg. Daher war ich schockiert, als ich las, wie lange vorher das schon anfing.

So im Nachhinein denke ich, dass es irgendwie logisch ist. Irrationale Feindbilder erschafft man schließlich nicht über Nacht.

Auch im viktorianischen Zeitalter herrschten schreckliche Vorurteile gegenüber Juden. Nur das kleinste Vergehen, das bei jedem anderen mit einem Bußgeld getan gewesen wäre, führte bei einem Juden dazu, dass er in Gefahr stand, ohne jeglichen Prozess aufgeknüpft zu werden. Man beschimpfte sie und blickte auf sie herab, obwohl sie oft im Finanzwesen tätig und daher auch vermögend waren.

Dieser Artikel hat mich so beschäftigt, dass ich beschloss, dieses Problem in *Staubchronik* zumindest anzuschneiden, um darauf hinzuweisen, wie schlimm Vorurteile sein können. Rachel half mir dabei, ein Problem, das uns heute noch genauso betrifft, anzusprechen.

Vielleicht ist es nicht mehr primär das Judentum, sondern eine andere Religion. Manchmal ist es die Hautfarbe oder die Nationalität oder etwas ganz anderes. Aber Vorurteile machen uns blind für die Herzen der Menschen.

Wir alle haben Probleme, Gefühle, Sorgen, Hoffnungen, Ziele und Wünsche. Und oft kann es wirklich spannend sein, über seinen Tellerrand hinauszublicken und Vorurteile einfach mal beiseitezulassen.

»Menschen tun nun mal schlimme Dinge, aber das hat nichts mit ihrer religiösen Ausrichtung zu tun, sondern damit, dass sie Menschen sind.«

Von Kleinigkeiten, die die Welt verändern

1

Rachels Finger flogen über die Tasten des Klaviers, bewegten Hämmerchen, die Saiten anschlugen und so Töne erzeugten, die Akkorde bildeten und sich schlussendlich zu einer Melodie zusammenfügten.

Und das nur, weil sie die Finger bewegte.

Vater liebte dieses Lied. Sie hörte ihn im Flur pfeifen, was zeigte, dass seine Laune sich gehoben hatte. Das würde dafür sorgen, dass er netter zu Janusch wäre, wenn er das Haus verlassen und ihm ein paar freundliche Worte mit auf den Weg geben würde.

Und das nur, weil sie die Finger bewegte.

Wer wusste schon, was sonst noch alles passierte. Vielleicht hörte draußen auf der Straße ein Kutscher ihr Lied, wurde davon abgelenkt und verursachte einen Unfall. Menschen könnten zu Schaden kommen.

Oder aber ein Gentleman hob den Blick zu dem geöffneten Fenster des Musikzimmers, um sich zu fragen, welch Wesen diese Melodie wohl spielte, stieß dabei gegen eine junge Dame mit seidenem Kleid und sie verliebten sich.

Und das nur, weil sie die Finger bewegte.

Kleinste Handlungen hatten ungeahnte Konsequenzen. An manchen Tagen liebte Rachel es, sich all die Möglichkeiten zu ersinnen, und empfand es als großes Abenteuer. An anderen Tagen fühlte sie sich überwältigt von der Tragweite dieses Gedankens und fürchtete sich vor allem, was passieren könnte.

Der Geruch von frisch gebackenen Keksen stieg ihr in die Nase und sie unterbrach ihr Spiel mitten im Takt. Miriam machte das immer wahnsinnig und schimpfte sie, wieso sie nicht wenigstens zu Ende spielen könnte. Doch Rachel störte es nicht und genoss es, ihre Schwester damit sogar noch ein bisschen zu ärgern.

Was hätte sie auch sonst tun können, um sich den Tag zu versüßen? Hier geschah ja nie etwas Unerwartetes. Der Alltag war so erdrückend gleichmütig, dass Rachel sich manchmal fragte, ob sie tatsächlich real war oder nur ein Abbild ihrer selbst, gefangen in einem einzigen sich wiederholenden Tag.

Seufzend erhob sie sich, schloss das Fenster im Musikraum und stieg die Treppen hinunter ins Erdgeschoss, immer dem Geruch folgend.

Sophie zog ein Blech aus dem Ofen und rief dabei Mrs Goodbody etwas zu, was im Geklapper der Töpfe unterging. Als ihr Blick auf Rachel fiel, die still dastand und darauf wartete, entdeckt zu werden, lächelte sie gutmütig und hielt dem Mädchen das Blech hin.

»Vorsicht, sie sind heiß«, ermahnte das Hausmädchen sie und Rachel griff mit spitzen Fingern einen der wunderschön runden Kekse, die ihren Duft nach Zucker und Butter verströmten.

Doch während sie ihn noch hielt und sich beinahe die Finger daran verbrannte, verspürte sie die Lust nach einem Tee zu ihrem Gebäck.

Da sowohl Sophie als auch Mrs Goodbody beschäftigt waren, betrat Rachel die Küche, nahm sich den Kessel und füllte ihn selbst mit Wasser. Sie ignorierte den missbilligenden Blick der Köchin und hoffte, dass diese sie nicht verpetzen würde.

Vater war streng, was solche Dinge betraf. Seiner Meinung nach sollten seine Töchter Prinzessinnen gleich ihr Leben verbringen. Ohne Sorgen, ohne jemals einen Finger rühren zu müssen, mit jemandem, der ihnen die Wünsche von den Augen ablas.

Doch dieses Leben glich einem goldenen Käfig, und Rachel war ein Vogel, der nicht verstehen konnte, wieso er niemals das Fliegen lernen durfte.

Zwei wunderschöne Kraniche zierten das Keramikdöschen, das Rachel vom Regal nahm und erwartungsvoll den Deckel öffnete. Doch es war leer.

»Haben wir keinen Darjeeling mehr?«, fragte sie, als Sophie an ihr vorbeihetzte und diese verzog entschuldigend das Gesicht.

»Der ist gestern ausgegangen. Ich kann morgen welchen besorgen, wenn Sie wünschen, Miss«, meinte sie. »Soll ich Ihnen stattdessen einen Earl Grey machen?«

Rachel schüttelte den Kopf und verzog ganz leicht den Mund, ehe sie verhindern konnte, dass ihr Ekel sich in ihrer Mimik zeigte. Sie mochte keinen Earl Grey und verabscheute das kräftige Aroma der Bergamotte. Das erinnerte sie immer an Seife.

»Nein danke, liebe Sophie«, lehnte sie freundlich ab, nahm ihren Keks und verließ die Küche.

Ehe sie überhaupt hineinbeißen konnte, brach sich Miriam schon die Hälfte von dem fluffigen Gebäck in ihrer Hand ab und schob es sich zur Gänze in den Mund. Rachel verspürte den Impuls, sich zu beschweren, das Stück zurückzufordern, ließ es aber sein. Denn erstens war es schon geschluckt und zweitens wollte Miriam ja nur, dass sie sich darüber ärgerte.

Außerdem gab es in der Küche noch eine ganze Armee dieser Kekse.

»Lass uns in die Stadt gehen«, schlug Miriam vor, während sie noch kaute, und fasste übermütig nach Rachels Hand.

Rachel lächelte nur fahl. »Ich glaube kaum, dass Vater Zeit dafür hat, uns in die Stadt zu begleiten«, gab sie zurück und konnte gleichzeitig das Sehnen ihrer Schwester nachvollziehen, nicht länger hinter den Wänden dieses Hauses eingeschlossen zu sein. Ihr Blick ging aus dem Fenster, hinaus auf die sonnengetränkten Straßen Londons, auf denen das Leben blühte.

»Ich dachte auch eher daran, allein zu gehen. Nur du und ich«, verkündete Miriam und Rachel durchfuhr ein Schreck. Sie riss die Augen auf und starrte ihre nur wenig ältere Schwester schockiert an.

Bei jedem anderen hätte sie einfach gelacht, es als schlechten Scherz abgetan, doch bei Miriam wusste man, dass sie solche Spinnereien immer ernst meinte. Miriam war unberechenbar und ungestüm. Sie riss an den Fesseln ihres Lebens wie ein wildes Pferd und brach aus, wann immer es ihr möglich war.

»Vater wird das nicht erlauben«, erinnerte Rachel sie an die Regeln, doch Miriam winkte einfach ab.

»Dann gehen wir, ohne ihn zu fragen. Wusstest du, dass Maria nur ihrer Haushälterin Bescheid geben muss, um auszugehen? Ist das nicht unglaublich?«, ereiferte sie sich und zog Rachel bereits hinter sich her.

Rachel wehrte sich nicht, wollte es ja selbst, auch wenn sie es nicht zugeben konnte. Der Funke der Rebellion kämpfte in ihrem Innern mit der Angst vor der Welt. Ein Wort und die Dinge veränderten sich. Jemand sagte zu ihr »Jude« und schon verschwand alle Sicherheit und ließ sie zurück in einer Stadt, die jemanden wie sie verabscheute. Kleinste Kleinigkeiten wandelten auch die großen Dinge. Ein Samenkorn konnte die Welt auf den Kopf stellen.

Miriam hängte ihr mit flinken Fingern ein Geldtäschchen um die Taille, sodass es dekorativ und farblich passend auf der hellblauen Seide des Rockes auflag. Rachels Finger fanden die Troddel daran sofort und sie fing an, nervös mit den Fäden zu spielen.

»Das tun wir doch jetzt nicht wirklich?«, wollte Rachel wissen, als sie ausgehfertig die Stufen wieder ins Erdgeschoss hinunterstiegen, immer darauf bedacht, dass Vater sie in seinem Arbeitszimmer nicht hörte.

»Doch natürlich, Rachel!«, ereiferte sich Miriam und Rachel wurde heiß und kalt zugleich.

»Was, wenn uns etwas passiert?« fragte sie nach und spürte, wie die Angst ihr immer mehr den Hals zuschnürte.

Miriam blickte ihr in die Augen und lächelte abenteuerlustig. »Hast du nicht mal gesagt, dass nur ein falscher Schritt dazu führt, dass man die Treppe runterfällt und sich das Genick bricht? Ist es da nicht egal, ob wir hier oder dort draußen umkommen?« Sie hob herausfordernd eine Augenbraue, was eine echte Kunst war. Wie oft Rachel es auch versuchte, bei ihr wanderten immer beide nach oben.

Rachel wand sich, klammerte sich so fest an das Treppengeländer, dass ihre Finger schmerzten. »Ich ziehe es vor, gar nicht umzukommen«, erwiderte sie nur und Miriam lachte.

Rachel beneidete sie. Humor strahlte in ihren Augen, Mut zeigte sich in ihrer Haltung und ein klein bisschen Wahnsinn schwirrte durch ihren Kopf. Sie zerdachte die Dinge nicht, sondern tat sie einfach, und Rachel wünschte sich oft, mehr wie ihre Schwester zu sein.

Doch das war sie nun mal nicht. Sie war schüchtern, still und hatte vor allem Angst. Die Welt war so riesig, dass schon der Gedanke daran sie erdrückte. Es gab so viele Menschen mit genauso vielen verschiedenen Geschichten, die sie nicht kannte und nie erfahren würde, sodass die Einsamkeit in diesem Haus sie verrückt machte.

Nur ein Schritt und sie würde die Treppe runterfallen. Nur ein Schritt und sie wäre auf der Straße und begegnete Leuten, die sie nie treffen würde, folgte sie Miriam nicht und verkroch sich wieder im Musikzimmer.

Das Leben von jemandem konnte sich grundlegend verändern, wenn sie nach draußen ging. Ihr Leben konnte sich grundlegend verändern.

Eine kribbelige Erregung packte sie und sie nickte Miriam zu, die leise vor Freude quietschte und sie mit sich nach unten zog.

»Wir gehen aus!«, informierte sie Mrs Goodbody, und ehe die Köchin auch nur irgendwas erwidern konnte, waren die Mädchen schon zur Tür hinaus.

2

Miriam hatte ein Ziel. Sie sagte es nicht, doch Rachel spürte es sofort an der Art ihrer Schritte, dem festen Blick in die Ferne und der entschlossenen Haltung.

Sie kauften ein Ticket und fuhren mit der ruckelnden und kreischenden Straßenbahn bis in die Innenstadt. Menschen drängten um sie herum und bei jedem, der Rachel auch nur länger als eine Sekunde ansah, fürchtete sie mit klopfendem Herzen, er wüsste, wer sie war.

Doch niemand schenkte ihnen Beachtung. Miriam erzählte etwas über einen Blumenmarkt und die Vielfalt an Blüten. Rachel bemühte sich, ihr zuzuhören, sich damit abzulenken und nicht in Panik zu geraten, nur weil die Dame hinter ihr bei jeder Kurve, die die Bahn nahm, mit ihrem Reifrock gegen den ihren stieß.

Als sie auf das Pflaster der Innenstadt traten und der Himmel sich über ihnen spannte wie ein unerreichbarer blauer Seidenschal, verschlug es Rachel den Atem, und das Gefühl von Freiheit war so überwältigend und nervenzerreißend, dass sie am liebsten wieder zurück nach Hause geflohen wäre.

Doch Miriam ging ungerührt weiter und Rachel folgte ihr auf dem Fuß, um bloß nicht den Anschluss zu verlieren. Sie hakte sich bei ihr unter, klammerte sich regelrecht an ihren Arm, bis Miriam zu lachen begann.

»Es wird dich schon niemand beißen«, machte sie sich über Rachels Angst lustig und diese kniff verstimmt die Lippen aufeinander, wusste jedoch nichts Schlagfertiges zu erwidern.

Ihre Schuhe machten klackernde Geräusche auf den Gehwegen, mischten sich mit all den anderen Klängen der Stadt. Das Gemurmel von Stimmen, das Rufen einiger Marktschreier ganz in der Nähe, das Rattern von Kutschen und das schrille Kreischen einer Trillerpfeife, als ein Polizist hineinblies. Menschen liefen an ihnen vorüber, gingen ihrer Wege, hatten ihre eigenen Ziele und die Luft war erfüllt von Hoffnungen und Wünschen, die nach oben trieben und in dem Seidentuch des Himmels aufgefangen wurden.

Die Schwestern näherten sich einem der Marktplätze und Miriam hatte wirklich nicht zu viel versprochen. Denn der ganze Platz war voller Blumen. Rachel blieb der Mund offen stehen, als sie den Blumenmarkt betraten und der Duft von süßen Blüten sie umhüllte, als hätten sie gemeinsam ein Märchen betreten. Pfingstrosen und Geranien, Sonnenblumen und Gladiolen, Schleierkraut und Federfarn. Wie ein Garten in Gottes Hand. Und jeder versuchte ihnen diese Blumen zu verkaufen.

»Eine Rose für die schöne Dame?«, sprach eine junge Frau sie an und zeigte ihr eine hübsche zartrosa Blüte.

Doch Rachel schüttelte den Kopf und zog die Schultern, die sich schon völlig verkrampft anfühlten, noch höher.

Miriam hielt nicht an, um die Stände zu betrachten, zog sie immer weiter, bis in den hinteren Teil des Marktes, an dem nun auch Töpferware und Holzschnitzarbeiten feilgeboten wurden. Zielstrebig trat sie an einen Stand mit hohen, kunstvoll bemalten Vasen und Rachel sah mit Erstaunen, wie ihrer Schwester die Röte in die Wangen stieg, als der junge Mann hinter dem Stand den Blick hob. Ein Lächeln breitete sich auf seinen vollen Lippen aus, das von Miriam auf die gleiche Weise erwidert wurde.

Rachel schoss der Gedanke durch den Kopf, dass die beiden sich kannten, und betrachtete den jungen Mann ganz genau. Sein Gesicht war kantig, der Kiefer stark ausgeprägt, das dunkle Haar glänzte in der Vormittagssonne. Sie hatte ihn tatsächlich schon einmal gesehen. Vor ihrem Haus, nur vor wenigen Wochen. Er hatte Blumen gebracht.

»Guten Morgen, Miss Cohen«, begrüßte er Miriam mit einem so eindeutig vertrauten Ton, dass Rachel erschrocken den Arm ihrer Schwester losließ.

»Mr Robinton«, schnurrte Miriam wie ein Kätzchen und Rachel starrte sie fassungslos an.

Denn der Groschen fiel. Miriam traf sich hier mit diesem Mann. Einem, den Vater nicht für sie ausgesucht und sorgfältig geprüft hatte, bevor er überhaupt mit ihnen reden durfte. Sondern einem Marktverkäufer, einem Londoner Jungen.

Wieso sie dafür Rachel aus dem Haus gelockt hatte, war ihr allerdings ein Rätsel.

»Wer begleitet Sie denn heute?«, fragte er und schien sich nicht entscheiden zu können, ob er es wagen konnte, Rachel ebenfalls anzulächeln, denn seine Mundwinkel zuckten unentwegt.

»Das ist meine Schwester«, eröffnete Miriam verlegen und ihr Gesicht leuchtete wie ein Saal voller Kerzen.

Mr Robinton neigte den Kopf. »Es freut mich, Sie kennenzulernen, Miss. Miriam spricht immer sehr liebevoll von Ihnen.«

Rachel jagte eine Gänsehaut über die Arme und sie konnte nicht anders, als zu ihrer Schwester aufzusehen. Denn die Aussage des jungen Mannes wies ganz offensichtlich darauf hin, dass die beiden sich schon mehr als einmal getroffen hatten.

Und sie hatte es nicht einmal geahnt.

»Wieso hast du kein Wort gesagt?«, fragte sie Miriam, ohne auf Mr Robinton einzugehen, und diese zuckte nur verlegen mit den Schultern.

»Ich weiß es nicht. Ich hatte wohl Angst«, flüsterte sie und Rachel, die eigentlich wütend auf ihre Schwester hatte sein wollen, seufzte auf, weil sie es nur zu gut verstehen konnte.

»Wieso hast du mich heute hierhergebracht?« Rachel nahm die Hände ihrer Schwester in ihre, wusste nicht, was sie denken sollte. Ihr erster Impuls war, Miriam zu verurteilen. Sie traf sich mit einem Mann! Einem, der nicht aus ihnen bekannten Familien stammte, der nicht von Vater abgesegnet war.

Rachel stieß den Gedanken jedoch von sich. Wie konnte sie Miriam etwas vorwerfen, was sie sich selbst so sehr wünschte? Die Freiheit zu entscheiden, was man tragen, wohin man gehen und wen man lieben wollte.

»Ich dachte, so ist es einfacher. Ich muss nichts sagen und du kannst nicht sofort zu Vater laufen, um es ihm zu verraten«, erklärte sie und traf Rachel damit wie mit einer Nadel ins Herz.

»Das traust du mir zu? Ich bin nie zu Vater gelaufen, um dich zu verpetzen«, ereiferte sie sich und Miriam senkte schuldbewusst den Blick.

»Ich weiß doch. Ach Rachel. Ich habe so lange darüber nachgedacht, dass ich einfach nicht mehr wusste, wie ich es richtig machen kann.« Miriam seufzte laut.

Auch wenn diese Situation alles andere als lustig war, kitzelte es Rachel im Hals und sie begann laut zu lachen.

Ihre starke und kluge Schwester, Rebellin und Abenteurerin, hatte alles zerdacht, bis nur noch Sorgen übrig geblieben waren. Dabei hatte Rachel immer geglaubt, nur sie würde darunter leiden. Es war die pure Ironie.

»Du bist nicht böse auf mich?«, fragte Miriam erwartungsvoll und Mr Robinton, der die Szene ganz genau mitverfolgte, knetete ruhelos die Hände.

Rachel beugte sich vor, drückte ihrer Schwester einen flüchtigen Kuss auf die Wange und lächelte. »Ich werde mir ein Geschäft in der Nähe suchen und mich darin umschauen. Und später erzählst du mir dann, wie es dazu gekommen ist, dass du und …« Sie stockte, da sie Mr Robintons Vornamen nicht kannte.

»John«, ergänzte Miriam.

»… du und John euch kennengelernt habt«, beendete sie so ihren Satz und sah, wie feucht die Augen ihrer Schwester glänzten.

»So machen wir es«, versprach Miriam und drückte fest Rachels Hände, bevor sie sie losließ und sich hinter den Stand drängte, wo sie an John Robintons Seite hinter den Ständen verschwand.

Rachel konnte nur hoffen, dass dies gut enden würde.

3

Das Teegeschäft, das Rachel kurz danach betrat, war wie geschaffen dafür, sich Stunden darin aufzuhalten. Die fein säuberlich beschrifteten Dosen standen in Reih und Glied auf den unzähligen Regalbrettern, der weiche Geruch von frisch aufgebrühten Teeblättern schwebte in der Luft und umhüllte Rachel wie eine Decke aus Geborgenheit und sanfter Wärme.

Es waren kaum Menschen anwesend. Nur ein rausgeputzter Gentleman mit seiner Dame in tiefviolettem Kleid, die sich kichernd an ihn schmiegte. Und auf der anderen Seite des Raumes noch ein Mann mit heller Jacke, der sich zu einer Auslage hinunterbeugte, sodass er hinter dem Regal beinahe verschwand.

»Kann ich Ihnen behilflich sein? Suchen Sie etwas Bestimmtes?«, sprach ein älterer Herr sie von der Seite an, dessen Schnurrbart so kunstvoll gezwirbelt war, dass man einfach hinsehen musste.

Rachel spürte sofort die Nervosität in sich aufsteigen. Sie hatte noch nie zuvor allein ein Geschäft betreten. Wusste nicht einmal, ob es üblich war, dass eine Frau allein einkaufte, und fragte sich, welche Konsequenzen das alles haben würde.

»Danke. Aber ich sehe mich erst einmal um und genieße die Atmosphäre«, traute sie sich nach einiger Überwindung zu antworten und der ältere Herr in dunkelroter Schürze neigte lächelnd den Kopf.

»Sehr gern. Sprechen Sie mich an, sollten Sie etwas benötigen.«

Er verschwand wieder hinter seiner Theke und Rachel atmete tief durch. Die erste Hürde war geschafft. Aber was würde als Nächstes geschehen? Wie würde Vater reagieren, wenn sie nach Hause kamen?

Sie dachte an Miriam, die sich schon oft rausgeschlichen haben musste, ohne dass es jemand erfahren hatte. Wo sie und John Robinton sich wohl sonst getroffen hatten? Liebten sie sich? Hatte Miriam die Absicht, ihn zu ehelichen?

Oder war das alles nur ein Spaß? Eine rebellische Handlung einer zur Eintönigkeit verfluchten Frau?

Es gab so vieles, worüber sie zu sprechen hatten, und Rachel konnte nur hoffen, dass Miriam sich ihr wirklich anvertrauen würde.

Mit der Fingerspitze fuhr sie das Symbol eines Zaunkönigs auf dem Etikett einer Teeverpackung nach und wünschte sich, wie schon so oft, einfach die Flügel auszubreiten und davonzufliegen. Allen Sorgen und Ängsten zu entsagen und dem Himmel entgegenzustreben, bis man mit all den Hoffnungen im seidenen Tuch liegend auf die Welt hinunterblickte.

Doch Rachel hatte keine Flügel und der Käfig aus Pflicht und Furcht war zu fest verschlossen, als dass sie allein daraus entkommen könnte.

Sie lächelte traurig und ließ die Hand wieder sinken.

Um ihren eigenen Gedanken zu entkommen, richtete sie ihre Aufmerksamkeit wieder auf den Tee, las die Namen und erinnerte sich selbst daran, dass sie immer noch die Lust verspürte, einen Darjeeling zu trinken.

Sie ging von einem Regal zum nächsten, bis sie das, was sie suchte, neben sich auf einer Auslage entdeckte. Es war eine schmale, bereits abgepackte Tüte, auf der ein gedrucktes Etikett klebte, das den Inhalt als Darjeeling First Flush auszeichnete. Genau, was sie gesucht hatte.

Sie ging zielstrebig einen Schritt darauf zu, nur um in diesem Moment gegen die Schulter eines anderen zu stoßen, der ebenfalls die Hand nach der selben Tüte ausgestreckt hatte.

Erschrocken wich sie zurück, hob den Blick und verfing sich in den blauesten Augen, die sie jemals gesehen hatte. Als wäre das seidene Himmelstuch zu ihr herabgeschwebt, um sie zu sich zu rufen. Ganz ohne Flügel.

Der Mann lachte leise und so warm, dass sich das Geräusch wie zarte Küsse an ihren Ohren anfühlte und ihr Herz machte einen Satz.

»Entschuldigen Sie. Ich wollte Sie nicht bedrängen«, sagte der junge Mann in der hellen Jacke und eine blonde Locke fiel ihm in die Stirn, als er den Kopf schüttelte.

Rachel fehlte die Stimme. Sie war einfach gegangen und sie hatte keine Ahnung wohin. Alles in ihr flatterte beim Klang der dunklen Stimme und ihr wurde schwindelig.

»Ich überlasse Ihnen natürlich den Tee«, fügte der Herr hinzu, da Rachel ihn immer noch sprachlos anblickte.

»Nein«, flüsterte sie und räusperte sich verhalten. Sie wollte wegsehen, nicht die schmale Nase und den edlen Schnitt seines Gesichtes bewundern, doch sie konnte sich einfach nicht losreißen. »Nein, Sie … Sie können ihn nehmen. Ich … Es gibt sicher noch mehr«, stammelte sie leise und hatte das Gefühl, kein einziges Wort aus ihrem Munde ergab noch einen Sinn. Nichts ergab mehr einen Sinn, außer seiner Stimme zu lauschen und sich in der Wärme seiner Augen zu verlieren.

Nur ein Schritt, eine Berührung, ein Blick und die ganze Welt hatte sich auf den Kopf gestellt.

Sie hatte es immer gewusst und doch war sie jetzt, da es tatsächlich passierte, mehr als überrascht. Ihr Herz raste, ihr Mund war ganz trocken, ihre Gedanken verloren sich in der Endlosigkeit des Seins.

»Ich werde mich erkundigen«, bot der junge Mann an und Rachel schaffte es, zu nicken.

»Mr Stewart. Haben Sie zufällig noch mehr von dem Darjeeling auf Lager?«, erkundigte er sich bei dem Herrn hinter der Theke, der gedankenverloren seinen Schnurrbart zwirbelte.

»Nein, leider nur noch diese Packung, Mr Crumb. Bedauerlicherweise muss ich gestehen, dass ich die Reste gerade aufgebrüht habe. Falls Sie also sofort eine Tasse genießen wollen, kann ich Ihnen gern eine servieren«, antwortete er und Rachel wurde noch aufgeregter, als ihr bewusst wurde, den Namen des jungen Mannes erfahren zu haben.

Mr Crumb, dachte sie und jeder einzelne Buchstabe schmolz sich in ihr Herz wie Zucker, der sich im heißen Wasser auflöste.

»Dann soll selbstverständlich die Dame die letzte Packung bekommen«, eröffnete er dem Teeverkäufer ebenso wie Rachel, hob die Tüte von der Auslage und reichte sie ihr.

Rachel spürte, wie ihre Knie weich wurden, ihre Finger leicht zitterten und sie kaum den Blick heben konnte, als sie die Hand nach dem Tee ausstreckte.

Doch kurz bevor sie sie zu fassen bekam, zog Mr Crumb sie wieder zurück.

Rachel gab einen erschrockenen Laut von sich, glaubte, der Herr mache sich einen Spaß mit ihr und schnaubte empört auf. »Mr Crumb«, schimpfte sie ihn und fühlte sich frevelhaft dabei, seinen Namen zu benutzen, ohne ihm vorgestellt worden zu sein. Ihre Wangen wurden ganz heiß und sie schnappte noch einmal nach Luft, als sie das bezaubernde Grinsen sah und den Blick, mit dem er sie aufmerksam bedachte.

»Verzeihen Sie, aber ich muss Sie um einen Gefallen bitten«, eröffnete er plötzlich und seine Stimme war so erwartungsvoll, dass Rachel versucht war, sofort zuzustimmen. Worum auch immer er sie bat, sie war gewillt, es ihm zu geben.

»Ich kann Ihnen diese Packung nur überlassen, wenn Sie noch bleiben und eine Tasse Tee mit mir trinken«, sagte er und reichte ihr wieder die hellbraune Tüte.

Rachels Mundwinkel hoben sich von ganz allein nach oben, ließen ein Lächeln erstrahlen, das hunderttausend Mal Zustimmung beinhaltete.

»Sehr gern«, schaffte sie die Worte laut auszusprechen und schämte sich gleichzeitig dafür, so überwältigt zu klingen. Doch es wäre zwecklos gewesen, es zu leugnen. Dieser Mann hatte gerade ihr Herz gestohlen.

»Zwei Tassen Tee, Mr Stewart«, rief er dem Mann hinter der Theke zu, der nur höflich nickte, und wies dann auffordernd auf einen der kleinen Tische, von denen man den Blumenmarkt durch das Schaufenster beobachten konnte.

»Mein Name ist Henry Crumb. Ich bin seit einem Jahr in London, um die Rechtswissenschaften zu studieren«, stellte er sich vor, als sie ihre Röcke sortierte, um sich auf dem filigranen Stuhl niederzulassen.

Ihr schnürte sich die Brust zusammen, als Henry Crumb sich ihr gegenübersetzte und sie mit seinen blauen Augen erwartungsvoll musterte. Er wollte ihren Namen wissen.

Rachel Cohen.

Doch wenn sie ihm dies sagte, könnte sie ihm auch gleich um die Ohren werfen, dass sie einer jüdischen Familie entstammte, dass sie nur eine Geduldete war und dass ein so auserlesener Mann wie er sich nicht mit jemandem wie ihr abzugeben hatte.

Nur diese zwei Worte würden die Welt, die gerade durch Magie erschaffen worden war, wieder einstampfen und zu Staub zerfallen lassen. Ihr war schlecht vor Angst und doch gab es keine andere Möglichkeit, als es zuzulassen.

Ihre Finger klammerten sich fest um die Teeverpackung, die ganz knitterig wurde, und sie öffnete zögerlich den Mund.

»Rachel Cohen«, sagte sie, weil sie es nicht über sich brachte, ihn anzulügen, und schaffte es kaum zu lächeln.

Doch es geschah nicht. Das Licht in Henry Crumbs Augen erlosch nicht, seine Haltung wurde nicht reservierter. Im Gegenteil, er beugte sich sogar noch in ihre Richtung.

»Verzeihen Sie, dass ich gerade so frech war, Miss Cohen. Aber Sie sind das schönste Geschöpf, das mir in meinem ganzen Leben begegnet ist. Ich hätte mich Zeit meines Lebens gegrämt, hätte ich diese Gelegenheit nicht ergriffen«, gestand er ihr und es war mit Abstand das Letzte, womit sie gerechnet hätte, und gleichzeitig das Wundervollste, was er hätte sagen können.

»Ich verzeihe Ihnen, Mr Crumb«, erwiderte sie und konnte einfach nicht mehr aufhören zu lächeln. Er lächelte zurück, und ohne es zu merken, schwebten Rachels Ängste davon, aus dem Käfig, dessen Türen plötzlich offen standen und verschwanden.

Ein Lächeln und ihr Leben nahm einen anderen Lauf.

Rezept für Miss Sophies Teegebäck

Du benötigst:

100 g sehr weiche Butter
35 g Puderzucker
die Dotter von zwei großen Eiern
2 Teelöffel Vanilleextrakt
125 g Mehl

Heize den Ofen bei Ober-/Unterhitze auf 180° vor.

Rühre die Butter und den Puderzucker in einer Schüssel cremig und füge anschließend die beiden Eidotter und den Vanilleextrakt hinzu.

Siebe das Mehl über die Masse und vermenge das Ganze zu einem gleichmäßigen Teig.

Fülle ihn in einen Spritzbeutel und spritze fingerlange Stränge auf ein mit Backpapier ausgelegtes Backblech.

Backe das Teegebäck für 10 Minuten im vorgeheizten Backofen, bis es goldbraun ist.

Auf einem Keksgitter abkühlen lassen und mit einer Tasse Darjeeling genießen.

ICARUS
ROYAL CLASS
Zeppelin
XI
Lin • Rina
Jungfernflug
von LONDON nach LEEDS
10. Juni

Facts and Fiction

Ich habe mir die Freiheit genommen, das viktorianische Zeitalter für mich zu interpretieren. So gab es natürlich keine mechanischen Suchmaschinen, keinen Zeppelinflughafen und auch keine dampfbetriebene Straßenbahn in London.

Den kleinen dampfbetriebenen Omnibus, mit dem Thomas Reed am Ende von Staubchronik zu Animant fährt, gab es allerdings tatsächlich. Er fuhr die Strecke von London nach Bath und wieder zurück, bis die Eisenbahn ihn überflüssig machte.

Wäre ich in ihn verliebt gewesen, hätte dies der perfekte Moment sein können. Der Schnee, das seichte Licht, die gedämpfte Musik. Eine romantische Szene, wie man sie sonst nur in Romanen fand und die schlussendlich von einem Antrag gekrönt wurde. Doch ich war offensichtlich nicht in ihn verliebt, denn meine Lage gefiel mir ganz und gar nicht. Mr Boyle war mir zu aufdringlich und meine Schwärmerei, die an diesem Abend bisher sehr präsent gewesen war, starb augenblicklich.

Das konnte ja auch nicht wahr sein.

Wie war ich nur in diese Situation geraten?

Animant,

Da ich diesen Brief niemals abschicken werde, ist es auch irrelevant, wie ich dich anspreche:

Sehr geehrte Miss Crumb,

Liebste Animant,

Zerstörerin meines Lebens,

Schöpferin meiner Verdammnis,

Frau meiner Träume.

Doch anscheinend bist du leider nur eines: die Frau in meinen Träumen.
Ich verstehe nicht, wie das passieren konnte.
Wie soll ich mich in dir so getäuscht haben?
In mir? In dem, was wir beide hätten sein sollen?

Animant.

Da ich diesen Brief niemals abschicken werde, ist es auch irrelevant, wie ich dich anspreche.

Sehr geehrte Miss Crumb.

Liebste Animant.

Zerstörerin meines Lebens.

Schöpferin meiner Verdammnis.

Frau meiner Träume.

Doch anscheinend bist du leider nur eines: die Frau in meinen Träumen.

Ich verstehe nicht, wie das passieren konnte. Wie soll ich mich in dir so getäuscht haben? In mir? In dem, was wir beide hätten sein sollen?

Wir begegneten uns, deine Augen haben gefunkelt und mir sprang beinahe das Herz aus der Brust, als ich dein liebliches Lächeln sah.

Du saßt neben mir auf einer Soiree, lachtest über die Findigkeiten, die ich mir nur für dich ausdachte. Du warst so geheimnisvoll und eine Verheißung für mein brennendes Herz.

Ich war mir so sicher, dass du mich liebtest, dass es nur eines Kusses bedurfte, um es zu besiegeln.

Doch dieser Kuss schien mir der Anfang vom Ende zu sein. Dieser Bibliothekar drängte sich in dein Leben. Und ich muss gestehen, es hat mich schwerer getroffen, als es sollte, zu hören, dass ihr beide euch verlobt habt.

Er ist ein unzivilisierter Wilder, der eine Schreckensherrschaft über die Studenten führt, die darauf angewiesen sind, seine Bücher zu entleihen. Bist du diesem Scheusal zum Fraß vorgeworfen worden und es hat dich verschluckt?

Oder irre ich mich in allem, was ich von dir zu wissen glaubte? In deiner Integrität, deinem Feingefühl, deinen perfekten Umgangsformen.

Bist du selbst eine Seeschlange, die sich nur in meine Seele gefressen hat, um mich zugrunde zu richten? Oder bist du ein Opfer seiner Herrschsucht?

Ich kann an beides nicht glauben. Du besitzt eine Schläue und Verständigkeit wie selten jemand, den ich traf. Dein Herz ist voller Güte und dein Wesen besteht aus Gleichmut.

Bist du womöglich von solch großem Herzen, zu glauben, du könntest ihn retten, diesen verderbten Mann? Wachst du über ihn und ziehst ihn, einer Göttin gleich, aus dem schwarzen Loch seines Seins?

Hat er es mehr verdient, gerettet zu werden als ich glücklich?

Ein Rätsel, das nur die Zeit lösen kann.

Ich werde es überleben, Animant. Da bin ich mir sicher. Man stirbt nicht an einem gebrochenen Herzen, auch wenn es sich so anfühlt.

Lebe wohl

dein Winston

Winston Boyle

Oh, Mr Boyle. Fluch und Segen, dieser Mann.

Als ich begann, *Animant Crumbs Staubchronik* zu schreiben, plante ich drei Männer ein, die um Animant buhlen sollten, damit sie auch so richtig was zu tun hätte, während sie versucht, auf eigenen Beinen zu stehen.

Zwei davon waren Mr Reed und Mr Boyle. (Der dritte wurde von Elisa aus dem Verkehr gezogen, bevor er überhaupt wichtig werden konnte.)

Bevor Animant Mr Boyle im Hause ihres Onkels begegnete, hatte ich selbst keine Ahnung, wie er wohl sein würde, und war überrascht, wie gut er mir gefiel. Und Animant auch.

Der erste Mann, der jemals Animant Crumbs Aufmerksamkeit auf sich ziehen konnte. Selbst wenn der junge Anwalt nicht immer nur glänzende Momente hat, ist das doch eine Leistung, die man ihm hoch anrechnen sollte.

Mr Boyle ist der perfekte Prinz Charming. Ich wollte, dass er all die Vorzüge der damaligen Zeit aufweist, hübsch, nett und intelligent ist.

Und trotzdem kann Animant sich nicht in ihn verlieben. Denn sie selbst hat Kanten und spitze Ecken, die einfach nicht zu dem glatten Rund von Mr Boyle passen wollen.

Mr Boyle wird zu einem Bösewicht, obwohl sein einziger Fehler war, sich in die falsche Frau zu verlieben.

Zwischendurch war ich beim Schreiben richtig genervt von dem armen Tropf, obwohl er mir zum Ende hin einfach nur noch leidtat.

Es war aber auch interessant, über ihn zu schreiben, da beinahe jede Szene, in der er vorkam, anders ausging als von mir vorhergesehen. Am schlimmsten war die letzte, auf der Soiree bei den Winterglowes. Ich hatte geplant, Animant ein letztes Mal auf Mr Boyle treffen zu lassen. Sie sollten zwanglos reden und Ani zu Ende eine Idee bekommen, wie sie es schaffen könnte, Henry und Rachel zu ihrem Glück zu verhelfen.

Meine Güte, das ging gewaltig schief, denn plötzlich standen die beiden im Flur und Animant schrie ihn an.

Oft sagen Autoren, dass ihre Figuren manchmal tun, was sie wollen, und man selbst sieht es nicht kommen. Das hier war so ein Moment und danach war ich erst mal richtig fertig mit den Nerven.

LIN RINA
Animant Crumbs
STAUBCHRONIK
DRACHENMOND VERLAG

Wieso es Staubchronik heißt

Bücher über Bücher, Seiten,
Wörter, der Geruch von Papier und Staub in der Luft,
und ich wusste, dass ich mein Herz an diesen Ort verlieren würde.

Ich werde des Öfteren gefragt, warum das Buch *Staubchronik* heißt und was das denn bedeutet.

Der erste Arbeitstitel war: *Der Nichtsnutz.* Doch nachdem Animant noch vor dem ersten geschriebenen Wort von einem Träumerchen zu einer dickköpfigen Perfektionistin wurde, passte der Titel nicht mehr.

Ein Neuer musste her und nach vielem Überlegen und dem Zusammenbasteln verschiedenster Wörter ergab sich schlussendlich das Kunstwort »Staubchronik«.

Es hatte einen so schönen Klang und sofort entstand vor meinen Augen ein Bild. Alte Bücher und Staub, der in einem Lichtstrahl tanzt, während Wasserdampf aus einer Teetasse aufsteigt. Ein bewölkter Himmel, den man durch die Glaskuppel der Bibliothek sehen kann, Kerzenwachs, das langsam nach unten läuft, und das leise Klackern von Zahnrädern.

Es schien mir perfekt, und ich habe es behalten.

»Elisa Hemmilton. Stets zu Diensten,
wenn eine Jungfrau in Not von einem fetten,
glatzköpfigen Junggesellen umworben wird«,
eröffnete sie mir und ich hielt mir
erschrocken den Mund zu,
als hätte ich es selbst gesagt.
»Schau nicht so schockiert, Herzchen. Sie alle denken es.
Ich bin nur die Einzige, die es ausspricht.«

25. Juli 1891

Meine liebe Jane,

Glückwunsch zur Geburt deines kleinen Edmund. Ich hoffe sehr, er kommt nach dir und hat nicht das Gesicht seines Vaters. So nett und liebenswert Elliot auch sein mag, seine Nase gleicht einer erschreckend riesigen Kartoffel.

Soweit ich von Tante Heather gehört habe, bist du wohlauf und sehnst dich nach Unterhaltung, solange du das Bett hüten musst, Cousinchen. Also dachte ich mir, ich bequeme mich dazu, dir ein paar Zeilen zu schicken.

Mein Studium geht voran, auch wenn ich nervlich oft an meine Grenzen stoße. Was nicht unbedingt am Lehrstoff liegt, sondern an der Tatsache, dass wir ihn uns mühsam zusammenklauben müssen, weil die Professorenschaft uns Frauenzimmer für zu dumm hält, mehrere Sachverhalte gleichzeitig zu begreifen. Frustrierend. Sollte es jemals geschehen, dass ich einen Lehrauftrag bekomme, werde ich so etwas niemals tun und meine Schülerinnen fordern, bis sie heulen. So sollte das Leben sein, eine Herausforderung! Und keine Aneinanderreihung langweiliger Momente.

25. Juli 1891

Meine liebe Jane,

Glückwunsch zur Geburt deines kleinen Edmund. Ich hoffe sehr, er kommt nach dir und hat nicht das Gesicht seines Vaters. So nett und liebenswert Elliot auch sein mag, seine Nase gleicht einer erschreckend riesigen Kartoffel.

Soweit ich von Tante Heather gehört habe, bist du wohlauf und sehnst dich nach Unterhaltung, solange du das Bett hüten musst, Cousinchen. Also dachte ich mir, ich bequeme mich dazu, dir ein paar Zeilen zu schicken.

Mein Studium geht voran, auch wenn ich nervlich oft an meine Grenzen stoße. Was nicht unbedingt am Lehrstoff liegt, sondern an der Tatsache, dass wir ihn uns mühsam zusammenklauben müssen, weil die Professorenschaft uns Frauenzimmer für zu dumm hält, mehrere Sachverhalte gleichzeitig zu begreifen. Frustrierend. Sollte es jemals geschehen, dass ich einen Lehrauftrag bekomme, werde ich so etwas niemals tun und meine Schülerinnen fordern, bis sie heulen. So sollte das Leben sein, eine Herausforderung! Und keine Aneinanderreihung langweiliger Momente.

Zum Glück kenne ich genügend Leute, die mir die Langeweile vertreiben. Letzte Woche erst habe ich auf einer politischen Veranstaltung im horse-man die Roberts kennengelernt, ein älterer Herr und seine Schwester, die sich sehr für meine politischen Ansichten interessieren. Nächste Woche treffe ich mich mit ihnen zu einem Tee. Ich bin schon so aufgeregt, dass ich kaum etwas essen kann.

Gut, dass meine Freundin Animant mich dazu nötigt. Sie passt auf mich auf. Sie wurde mir vom Himmel geschickt, ehrlich. Seit ich sie kenne, gehe ich sogar gern auf die Veranstaltungen dieser feinen Pinkel, zu denen mich meine ach so geschätzte Gönnerin zwingt.

Ich weiß, Miss Brendon-Welderson meint es nur gut mit mir, das brauchst du mir nicht wieder zu schreiben. Doch wenn sie wirklich in meinem Interesse handeln würde, wie sie gern vorgibt, würde sie mich nicht ausstaffieren wie eine Mastgans und mich den reichen Heinis vorführen. Ich schwöre es dir, die können riechen, dass ich nicht zu ihnen gehöre. Und dann schauen sie stierend und tuschelnd mit ihren arroganten Blicken zu mir herüber. Gott sei Dank bin ich so groß wie eine Bohnenstange, dann können sie wenigstens nicht auf mich herabsehen.

Noch ein Grund, Animant zu loben. Der Sonnenschein zwischen all den trüben Langweilern, die mir das Leben schwer machen wollen. Mit ihr zu spotten tut so gut, Jane. Sie ermahnt mich nicht mal halb so oft wie du, ich solle nicht so gemein reden.

Ja, du liest richtig, ich ziehe sie dir vor. Aber sei nicht betrübt, du hast ja jetzt deinen Edmund, den du betüddeln kannst.

Meine Befürchtungen, sie käme nach ihrer Verlobung mit dem Bibliothekar als klebrig eklig süßer Mensch zurück nach London, haben sich zum Glück zerstreut. Du weißt ja, wie Frischverliebte sind. Nicht auszuhalten, wie sie kein anderes Thema mehr kennen als die Liebe, und wie dumm man sich neben ihnen fühlt.

Wäre mein Liebster nicht gerade verreist, wäre das vielleicht etwas anderes. Oder eben auch nicht. Schließlich weiß man nie, was gerade in seinem Kopf vorgeht.

Bei Animant hegte ich zumindest die Angst, sie würde mich für die nächsten zwei Jahre vergessen und nur noch an ihrem Verlobten kleben, so wie es damals bei dir und Elliot passierte. Doch sie ist noch genau dieselbe wie zuvor, nur eben mit einem Mann, mit dem sie sich jetzt ganz offiziell streiten kann. Das müsstest du mit anhören, es ist zu köstlich, wie gern die beiden sich in die Haare bekommen.

Mich wundert kein bisschen, was die beiden aneinander finden.

Andere jedoch schon.

Die amüsanteste Reaktion von allen kam von Miss Brandon-Welderson. Ich habe sie in meiner ganzen Zeit in ihrem Haus noch nie so derbe fluchen hören wie an dem Tag, an dem sie erfuhr, dass der

Bibliothekar sich verlobt hatte. Und das ausgerechnet mit Animant Crumb, die sie seit jeher ein vorlautes, eiskaltes Biest schimpfte. Aber natürlich nur, weil Ani schlauer und vor allem hübscher ist als sie.

Wenn es mir nicht vorher schon aufgefallen wäre, hätte ich spätestens da die Bestätigung gehabt, dass Miss Brandon-Welderson in den Bibliothekar verliebt gewesen ist.

Ich weiß nicht, ob ich darüber lachen oder Mitleid mit ihren zerstörten Träumen haben soll.

Doch ich hoffe, sie kommt schnell darüber hinweg, denn Animant hegt den Plan, eine Buchhandlung für Frauen zu eröffnen und will dafür die Unterstützung meiner Gönnerin anfragen. Ich versuche es ihr auszureden, aber meine liebe Freundin ist ein Sturkopf.

Du siehst, meine liebe Cousine, mein Leben ist so ereignislos geworden, dass ich von dem anderer Leute berichten muss. Nicht einmal deinen Bruder habe ich in den letzten Wochen treffen können, da sein Schichtplan sich verschoben hat. Mein bester Saufkumpan. Da Animant das Trinken vor Längerem aufgegeben hat, gönne ich mir ab und zu ganz allein ein Glas und träume von dem Tag, an dem ich eine interessante und schillernde Persönlichkeit werde.

Ich hoffe, dich gut unterhalten zu haben und schreibe dir wieder, sobald du mir eine Zeichnung von deinem kleinen Bündel zukommen lässt.

Deine Cousine

Elisa

Elisa Hemmilton

Sie hat sich eingeschlichen. Wirklich! Eigentlich hatte ich gar nicht vor, Elisa in Staubchronik reinzuschreiben.

Die Rolle von Animants Vertrauten sollte eigentlich Jamie Lennox, der Mechaniker von Mr Reeds Suchmaschine, bekommen. Doch wie für Elisa ganz typisch, ist sie in den Roman eingebrochen, hat Jamie zur Seite gestoßen und sich ganz keck bei Animant eingehakt.

»Ich bitte dich, Lin«, sagte sie dabei zu mir und schüttelte den Kopf über mich. »Du brauchst nicht noch einen Mann in dieser Geschichte, sondern eine Frau mit Qualitäten.«

Und natürlich behielt sie recht.

Ich liebe Elisa. Ganz oft wünschte ich, ich wäre mehr wie sie. Mutig, tollkühn und um keine Antwort verlegen.

Doch wie bei vielen lauten Personen, vergisst man auch bei ihr schnell, dass hinter dem frechen Mundwerk eine ganze Welt aus Gedanken verborgen liegt.

Elisa hat eine turbulente Kindheit hinter sich, in der sie am eigenen Leib erfuhr, wie es ist, nicht viel zu haben. Ihre Eltern, einfache Arbeiter, konnten ihr, als eins von sechs Kindern, nicht viel Aufmerksamkeit schenken. Sie wuchs in einem Pulk aus Cousins und Cousinen auf, die weitestgehend sich selbst überlassen wurden und viel Zeit auf der Straße verbrachten.

Ihre Schlauheit half ihr aus genauso vielen Schwierigkeiten raus, wie sie auch verursachte. Doch Elisa war sich immer sicher, dass sie zu etwas Größerem bestimmt war, als den schmierigen George aus dem Fischgeschäft die Straße runter zu heiraten.

Ihre freche Art lockt Animant aus ihrem Schneckenhaus und zum ersten Mal erfährt sie, wie es ist, eine Freundin zu haben. Eine mit dem gleichen bissigen Humor, den Ani sich selbst nie erlaubt hat, mit dem gleichen Willen, ihr Leben selbst zu bestimmen, und mit einem offenen Ohr, auch für die nicht so gesellschaftsfähigen Probleme. Elisa ist unkonventionell, aber auch genau das, was Animant braucht.

Tauschgeschäfte

oder die Schlauheit der Elisa Hemmilton

1

Baby Lilly patschte mir mit ihrer winzigen klebrigen Hand im Gesicht herum, während ich durch die kleinen Zimmer der Wohnung flanierte und jedes dreckige Kleidungsstück einsammelte, das mir vor die Füße kam. War es wirklich zu viel verlangt, sie in den Korb neben der Tür zu werfen, wenn sie starr vor Dreck waren?

Meine kleinen Cousinen Penny und Poppy rannten hin und her und jagten den schmutzig braunen Kater mit lautem Geschrei, während Onkel Archie sich auf seinem Bett nur träge herumwälzte, als ich ein zerknittertes Hemd unter seinem knochigen Leib hervorzog. Die meisten hier wohnenden Familienmitglieder waren schon zu ihren Frühschichten in den Fabriken aufgebrochen und nur die paar wenigen mit späteren Arbeitszeiten machten sich einen langen Morgen.

Bis auf mich, ich hatte meine eigene Art, meine Tage zu verbringen. Egal wie sehr meine Mutter auch moserte und meine Tanten mich drängten, ich würde ganz sicher nicht in den Fabriken arbeiten.

Als Hausmädchen war ich allerdings auch nicht geeignet. Viel zu freiheitsliebend. Denn wenn man mir sagte, was ich tun sollte, lief es meistens aufs Gegenteil hinaus. Und das brachte in einem feinen Haushalt nichts als Ärger.

Das Beste für mich wäre wohl gewesen, reich zu heiraten und mir ein laues Leben zu gönnen. Doch leider entsprach ich kein bisschen dem Bild einer gesitteten Ehefrau, und der Einzige, der mich heiraten würde, war der Fischhändlerssohn Carter unten am Hafen. Und da blieb ich doch lieber allein.

Edith rührte in der Küche in einem Topf Haferbrei für die Kinder und hielt mir einen Löffel davon hin, den ich mir im Vorbeigehen in den Mund schieben ließ.

Eigentlich mochte ich keinen Haferbrei. Doch meine Schwester hatte ein besonderes Händchen, ihn so zart zu machen, dass selbst ich ihn schlucken konnte, ohne würgen zu müssen.

Und die Kinder liebten ihn auch. Ihre, die von Mary und auch die meiner Cousinen Clara und Laura. Dies war nur einer von vielen Gründen, wieso Edith zu Hause mit allen Kindern blieb, solange die anderen ihrer Arbeit in den Fabriken nachgingen.

»Shawn, hast du noch Wäsche?«, fragte ich meinen Schwager heiter, der gerade ins Zimmer geschlurft kam. Sein Haar stand in alle Richtungen ab und seinem verkniffenen Gesichtsausdruck nach zu urteilen, hatte er gestern Abend mal wieder einen über den Durst getrunken.

»Habe sie schon in den Korb gelegt«, grummelte er und schirmte sein Gesicht mit den Händen vor der Sonne ab.

»Sehr gut. Braver Junge«, lobte ich absichtlich nah an seinem Ohr, sodass er aufgrund der Lautstärke meiner Stimme zusammenzuckte, und drückte ihm in einem unaufmerksamen Moment die kleine Lilly in die Hände. »Und hier. Ich fürchte, sie stinkt«, teilte ich ihm mit und verspürte eine diebische Freude darüber, mir Shawn beim Windeln wechseln vorzustellen. Leider würde ich keine Gelegenheit haben, ihn dabei zu beobachten.

»Oh nein. Kannst du das nicht machen?«, beschwerte Shawn sich genervt und ich grinste breit. So hätte er das wohl am liebsten.

»Wenn ich nicht losmüsste, würde ich das natürlich liebend gern tun«, behauptete ich und meine Stimme tropfte geradezu vor Sarkasmus. Shawn verzog das Gesicht. »Du hattest deinen Spaß beim Erzeugen, also musst du es jetzt auch sauber machen«, fügte ich frech hinzu und lachte laut auf, als Baby Lilly ausholte und ihrem Vater die flache Hand genau auf die Nase klatschte.

»Woher willst du das denn wissen?«, schnaubte Shawn und rieb sich verstört blinzelnd den Nasenrücken.

Ich zuckte vielsagend mit den Schultern. »So dick sind die Wände hier nicht«, konterte ich und hörte hinter mir meine Schwester empört nach Luft schnappen. Der perfekte Moment, um zu verschwinden.

Ich schlängelte mich an Shawn vorbei, warf die eingesammelte Wäsche in den bereitstehenden Korb, schnappte mir meine Tasche und verließ mit beidem in der Hand die Wohnung, die viel zu klein war für all die Menschen, die darin lebten. Doch es hätte schlimmer sein können.

Wir hatten für neunzehn Personen sogar vier Räume. Andere stapelten sich in einem oder hatten gar kein Dach über dem Kopf.

Mit leichten Schritten schlenderte ich die Treppen hinunter ins Erdgeschoss, hörte den Lärm aus den anderen Wohnungen. Mr und Mrs Smith stritten wieder, wahrscheinlich weil er letzte Woche seinen Job in der Schiffswerft verloren hatte, und bei den Allens weinte das Baby. Koliken, wie ich vermutete.

Routiniert klemmte ich mir den Wäschekorb zwischen Arm und Hüfte, um mit der freien Hand lautstark gegen die geschlossene Holztür der untersten Wohnung zu bollern. Dahinter rührte sich nichts und ich klopfte ein zweites Mal, diesmal noch fester. »Mr Walten, machen Sie die Tür auf, oder ich sehe mich gezwungen, sie einzutreten!«, brüllte ich dabei mit verstellter Stimme und amüsierte mich köstlich, wenn ich mir vorstellte, wie Mr Walten dabei aus dem Schlaf schreckte.

Ich vernahm ein leises Ächzen und schlurfende Schritte näherten sich der Tür. Das schelmische Grinsen schnellte in mein Gesicht zurück, als ich den bärtigen Mann erblickte, der müde und überaus fragend zu mir hinaufblinzelte. Er trug keine Hose, wie so oft, und sein bestes Stück wurde nur von seinem zu langen Hemd bedeckt.

Ich musste mich stark zusammenreißen, um nicht laut loszuprusten, und bemühte mich, nur in das knittrige Gesicht meines Gegenübers zu blicken.

»Ihr Weckdienst, Mr Walten. So wie Sie es gewünscht haben«, erinnerte ich ihn an unsere Abmachung und streckte ihm fordernd die Hand entgegen.

»Soso«, brummte der ältere Herr nur und drehte sich zur Seite, sodass ich seinen nackten Hintern bewundern konnte. Wenigstens roch der Mann immer nach frischer Wäsche. Was nicht an seiner

Reinlichkeit lag, sondern der Tatsache geschuldet war, dass er in einer Seifenfertigung arbeitete.

Er nahm ein eingeschlagenes Tuch mit Seifenresten, die er des Abends vom Boden der Fabrik aufkehrte, von der kleinen Kommode und reichte es mir mit seinen prankigen Händen.

»Danke, Mr Walten. Morgen um die gleiche Zeit?«, erkundigte ich mich und legte das Bündel in meinen Wäschekorb.

Mr Walten nickte gutmütig.

»Dann sehen wir uns morgen.«

Beschwingt verließ ich das Haus und trat auf die belebten Straßen des East End. Unzählige Menschen verschiedenster Herkunft waren hier unterwegs in die Textilfabriken oder zu den Docks. Kinder spielten in den Gassen, überall wurde laut gerufen, Karren ratterten über das unebene Pflaster. Ein lauer Herbstwind tanzte mit den losen Strähnen in meiner Frisur und brachte den üblen Geruch von Ruß und industrieller Hitze mit sich.

Ich tätschelte dem alten Harry den struppigen Kopf, der hechelnd neben dem Hauseingang saß und das Treiben des Alltags beobachtete. *Ein Hund müsste man sein*, dachte ich und seufzte laut in mich hinein, als ich durch die Straßen nach Westen lief.

Neuer Tag, neues Glück. Denn nur das Heute zählte.

Moira saß bereits hinter ihrem Haus auf dem kleinen, sonnigen Platz neben der Pumpe, das Waschbrett fest zwischen die Knie geklemmt, und schrubbte mit kräftigen Bewegungen ein völlig verdrecktes Kleidungsstück. Ihre Haut glänzte schweißnass vor Anstrengung, doch ein Lächeln zierte ihr hübsches Gesicht, als sie zu mir aufblickte.

»Nachschub«, begrüßte ich sie und stellte den Wäschekorb auf den Boden.

»Hast du auch Seife dabei?«, erkundigte sie sich hoffnungsvoll und wischte sich mit dem Handballen eine klebrige Strähne aus der Stirn. Trotz des fröhlichen Gesichtsausdruckes sah sie heute besonders erschöpft aus. Dunkle Ringe lagen unter den geröteten Augen und ich fragte mich, ob Kenan dafür verantwortlich war. Wundern würde es mich nicht, ich konnte Moiras Ehemann einfach nicht ausstehen. Er war ein Säufer ohne Moral und ich wusste nicht, wie eine so wundervolle Person wie Moira mit so jemandem zusammenleben konnte. Ich wäre sicher schon längst davongelaufen.

»Aber natürlich«, entgegnete ich und reichte ihr das wirklich volle Bündel von Mr Walten. Damit würde Moira sogar die nächsten Tage auskommen, und das trotz der vielen Auftragswäsche anderer Leute, die sie täglich säuberte.

»Du bist ein Schatz, Elisa. Und du willst wirklich nur diesen einen Korb dafür gewaschen haben?«, fragte sie verwundert und ich zuckte leichtfertig mit den Schultern. Moira hatte auch so schon genug zu tun, da war ich eigentlich froh drum, ihr mal nicht so viel aufzuhalsen.

»Heute ist es wenig, morgen mal mehr. Ich betrachte das hier als Langzeit-Arrangement«, erwiderte ich lachend, um die Unbeschwertheit zu erhalten, und Moira lächelte gütig.

»Solange du mir täglich Seife bringst, wasche ich dir alles«, versicherte sie mir und genau so wollte ich es auch haben.

Ich machte mir nichts aus Geld. Geld konnte man nicht essen, Geld konnte einen im Winter nicht warm halten. Natürlich ließen sich damit Dinge kaufen, die diesen Zweck erfüllten. Aber in einem Viertel, in dem niemand etwas hatte, war Geld nicht immer etwas wert.

Mit den Jahren hatte ich jedoch gelernt, dass Tauschgeschäfte es waren.

Ein Weckruf jeden Morgen gegen Seifenreste.

Seifenreste gegen einen Korb gewaschener Wäsche.

Und so ging es immer weiter. Man musste nur schlau sein, um die Gelegenheiten wahrzunehmen, und freundlich genug, um sie aufrechtzuerhalten.

Beides fiel mir nicht besonders schwer und ich hatte schon früh gelernt, das zu nutzen. Als eins von vielen Kindern in einer Wohnung voller Krach und Armut konnte man nicht erwarten, dass sich die Eltern nach einer Zwölf- oder gar Sechzehn-Stunden-Schicht auch noch um all ihre Bälger kümmern konnten.

Zumindest behauptete mein Vater das.

Doch der Vorteil, von niemandem beaufsichtigt zu werden, war, dass man tun und lassen konnte, was man wollte. Und das tat ich auch.

2

Mein nächstes Tauschgeschäft war nicht weit und ich kletterte bei Moira über den niedrigen Bretterzaun, um auf Schleichwegen direkt zum Wareneingang der Bäckerei zu gelangen.

Mit flinken Fingern richtete ich mein dunkles Haar, kniff mir in die Wangen, um meiner Blässe entgegenzuwirken, und biss mir anschließend auf die Lippen, damit sie voller wirkten.

Mit schwingenden Hüften trat ich um die Ecke und erblickte auch direkt den jungen Base Molton, der mit einem Schnaufen einen gewaltigen Sack Mehl von einem Karren auf seinen Rücken wuchtete. Das Muskelspiel seiner Arme war beeindruckend, auch wenn Base ansonsten einen eher verblassenden Eindruck hinterließ. Sein Haar war so farblos, die Augen zu klein und die Haut so weiß wie das Mehl, das immer an seiner Stirn klebte.

Ich lehnte mich ganz demonstrativ an das hintere Rad des Karrens, dessen glattes Holz sich gegen meine Schulterblätter drückte. Trotz nicht wirklich nennenswerten Rundungen, warf ich mich ins Hohlkreuz, als Base wieder aus der Tür trat, um den nächsten Sack ins Lager zu schleppen, und blickte ihn kokett mit halb geschlossenen Augen an.

Angestrengt hielt ich meine Konzentration beisammen, um bloß nicht in lautes Gelächter auszubrechen, das in meinem Bauch entstand und sofort durch meinen Hals kitzelte, als ich mir die Albernheit meines Gehabes vor Augen führte. Jeder müsste sofort merken, dass alles nur gespielt war, und das nicht einmal gut. Doch meistens taten die Männer es nicht, sooft ich mich dieser Gesten auch bediente.

Und Base war da auch keine Ausnahme. Er starrte mich einen Moment lang mit offenem Mund an, um dann verlegen den Blick auf seine Schuhe zu senken und sich die schwitzigen Hände an seiner hellblauen Schürze abzuwischen.

»Mr Molton, einen wunderschönen guten Morgen wünsche ich«, säuselte ich mit weicher Stimme und auf Moltons Unterarmen bildete sich eine Gänsehaut.

Meine Wirkung musste ja umwerfend sein. Meine Güte, ich musste ganz dringend einen Gang zurückschalten, damit ich nicht das falsche Ergebnis mit meinen Gesten auslöste.

»Miss Elisa«, japste Base lediglich und griff nach dem nächsten Mehlsack.

»Ich finde ja, Sie machen Ihre Arbeit wirklich gut«, sagte ich schnell, damit er mir nicht weglief. Schließlich musste ich ihm noch mitteilen, was ich mir vorhin zurechtgelegt hatte, während ich über Moiras Zaun gestiegen war. »Das Mädchen, das Sie einmal erwählen werden, kann sich glücklich schätzen, einen so tüchtigen Mann zu bekommen.« Ich biss mir auf die Unterlippe, damit das irre Kichern der Albernheit nicht aus mir herausbrach.

»Danke, Miss Elisa«, antwortete Base mir ganz leise, errötete so heftig, dass sein käsiges Gesicht wie eine Flamme leuchtete, wuchtete sich das Mehl auf die Schultern und floh regelrecht in die Bäckerei zurück.

Zufrieden stemmte ich die Hände in die Seiten, pustete mir eine Strähne aus der Stirn und nutzte ebenfalls die Gelegenheit, mich aus dem Staub zu machen.

Das Lachen saß mir in der Kehle, presste sich heraus und ich schaffte es gerade noch, um die nächste Ecke zu verschwinden, da brach es aus mir heraus. Laut hallte es von den Hauswänden wider und mein Körper schüttelte sich regelrecht. Um nicht wegzubrechen, stützte ich mich an der groben Ziegelmauer ab und grub die Finger in die moosbewachsenen Zwischenräume. Japsend schnappte ich nach Luft, bemühte mich ruhiger zu werden, damit Base Morton mich nicht womöglich noch hörte. Wenn ich aufflog, wäre dieses Tauschgeschäft mit Base' Schwester Harriet hinfällig.

Zwei junge Mädchen blieben neben der Gasse stehen und starrten irritiert zu mir in die Schatten. Mit spitzen Fingern wischte ich mir die Lachtränen aus den Augen und erkannte in den Mädchen die Lane-Schwestern.

»Es ist nur Elisa Hemmilton«, sagte die eine erleichtert zur anderen und sie winkten mir kurz zu, ehe sie weiterliefen.

Nur Elisa Hemmilton? Aber natürlich, wer sollte sich sonst in finsteren Gassen herumtreiben und allein laut lachen? Ich schüttelte den

Kopf über die beiden, die mich wohl als harmlose Kuriosität abgestempelt hatten, und trat hinaus auf die offene Straße.

Hier waren weniger Menschen unterwegs als im Gewimmel der Hinterhöfe und die meisten von ihnen waren sogar anständig gekleidet. Droschken zogen an mir vorbei und der eine oder andere Kutscher grüßte mich sogar mit einem Nicken.

Ich grüßte zurück und stieg die Stufen hinauf zum Verkaufsraum der Bäckerei. Ein kleines Glöckchen machte auf mich aufmerksam und der Geruch von frischem Brot, zuckriger Glasur und Nussgebäck schlug mir so überwältigend entgegen, dass mein Magen sich schmerzhaft zusammenzog.

So unauffällig, wie es einem Mädchen meiner Körpergröße nur möglich war, stellte ich mich an die Seite des Raumes und wartete geduldig, bis die Kunden bedient waren. Fasziniert betrachtete ich die kunstvollen Törtchen in der Auslage, als die letzte Dame mit grauem Hut den Laden mit einer Schachtel Kuchen verließ.

»Was hast du ihm gesagt?«, wollte Harriet sofort wissen, sobald wir allein waren. Ihre Augen waren genauso klein wie die ihres Bruders, was in ihrem runden Gesicht jedoch als niedlich gelten konnte. Ihre rotblonden Locken tanzten, als sie zu mir herüberhüpfte.

Ich grinste verschlagen und zog die kantigen Schultern gespielt verlegen nach oben. »Dass jedes Mädchen sich glücklich schätzen könnte, einen so tüchtigen Mann zu bekommen«, wiederholte ich meine Phrase mit lasziver Stimme und Harriet kicherte leise, während sie begann, einige Gebäckstücke in eine der Papiertüten zu stopfen.

»Danke, Elisa. Es hilft ihm wirklich«, versicherte sie mir und ich konnte es nur hoffen. Schließlich machte ich mich nicht umsonst so zum Affen. »Er hat es gestern geschafft, nicht sofort wegzusehen, als Judy ihn angelächelt hat.« Sie rollte den oberen Rand der Tüte raschelnd ein und reichte mir das prall gefüllte Ding über die Theke.

»Warte es nur ab. Noch ein paar Komplimente mehr und er wird genug Selbstbewusstsein haben, um zurückzulächeln«, behauptete ich, während ich ihr die Tüte abnahm.

Zumindest hoffte ich, dass es so kommen würde. Denn im anderen Fall würde Base seine heimliche Liebe für die wunderschöne Judy noch aufgeben und sich in mich verlieben. Das wäre wirklich sehr ungünstig.

Vor allem, weil seine Schwester mich dann nicht mehr heimlich mit Brötchen dafür bezahlen würde.

Doch darüber konnte ich mir ein anderes Mal Gedanken machen.

»Wie steht es eigentlich bei dir? Mary erzählte mir, der ältere Caravan hätte ein Auge auf dich geworfen«, erkundigte ich mich bei Harriet, um von etwas anderem zu sprechen als ihrem Bruder. Und weil ich ausgesprochen neugierig war.

Ihr Lächeln wurde schüchterner, bis sie beinahe so verschämt wie ihr Bruder dreinblickte. »Ach, weißt du, es wird viel geredet. Und solange er mich nicht anspricht, kann ich auch nicht sagen, ob es wahr ist«, redete sie um den heißen Brei herum und überraschte mich damit. Ich hätte erwartet, dass sie es abstritt oder gar darüber lachen würde. Aber nicht, ihr anzusehen, dass sie tatsächlich gern angesprochen werden wollte. Es ging hier schließlich um die Caravan-Jungs und die brachten oft nichts als Ärger.

Das hatte ich Harriet gar nicht zugetraut.

»Na gut. Dann höre ich mich mal weiter um«, sagte ich zweideutig und sie nickte verlegen lächelnd.

»Tu das mal. Vielleicht hörst du ja was, das … Ach, vergiss es einfach«, tat sie es ab und ich grinste wissend.

Mit einem schiefen Knicks verabschiedete ich mich und verließ den Laden genauso unauffällig, wie ich ihn betreten hatte, um mein Frühstück zu genießen.

Kauend wanderte ich die breite Hauptstraße nach unten und spürte dabei den unebenen Boden durch die dünn werdenden Sohlen meiner Schuhe. Bevor der Winter kam, würde ich eine Möglichkeit finden müssen, mir neue zu ertauschen.

Als jemand meinen Namen rief, blickte ich von meinem Frühstück auf und sah die alte Mrs Fuller hinter mir aus einem Hauseingang kommen. Mit watscheligen Schritten lief sie mir nach, wobei ihr gewaltiger Bauch gefährlich schaukelte. Sie sah aus wie ein Seelöwe, den man in ein Korsett gezwängt hatte.

Am liebsten hätte ich wieder laut gelacht, doch die Blöße konnte ich mir hier auf der offenen Straße nicht geben.

»Elisa, mein Liebes. Kann ich dich um einen Gefallen bitten?«, fragte sie und wartete nicht auf die Antwort, sondern zog eine grob gestrickte Mütze aus ihrer fleckigen Küchenschürze. »Wenn du meinen kleinen Jimmy siehst, kannst du sie ihm geben? Es ist doch schon recht kalt, sobald die Sonne untergeht«, erläuterte sie und ich betrachtete das hässliche Ding mit skeptischem Blick. Doch ich brauchte mir nur Jimmy damit vorstellen und schon zogen sich meine Mundwinkel von ganz allein nach oben.

»Natürlich, Mrs Fuller. Sollte ich Jimmy sehen, werde ich sie ihm aushändigen«, versprach ich deshalb und versuchte, mir meine grässlich heimtückischen Gedanken nicht anmerken zu lassen.

»Sehr gut, sehr gut«, murmelte sie, drückte mir die Mütze in die freie Hand und verschwand mit schaukelnden Schritten wieder in ihrem Hauseingang. Es hätte mich nicht gewundert, eine speckige Schwanzflosse unter ihrem Rock aufblitzen zu sehen.

Mit einem glucksenden Lacher ließ ich das kratzige Strickteil in meiner Umhängetasche verschwinden. Oh ja, und wie ich mir wünschte, Jimmy tatsächlich zu begegnen! Da brauchte ich nicht einmal eine Tauschware von Mrs Fuller. Der Preis würde sich von ganz allein bezahlen.

Meine Füße trugen mich weg von der belebten Straße an den Textilfabriken vorbei und runter zu den Docks. Der brackige Geruch der Themse schlug mir entgegen und das Kreischen der Möwen wurde immer lauter.

Männer in verschwitzen Hemden befestigten Taue in der noch recht warmen Herbstsonne, luden Schiffe aus und trugen die kuriosesten Dinge hin und her.

Ich sah gern bei dem geschäftigen, rauen Treiben zu, ohne mir je die Mühe gemacht zu haben, zu verstehen, was genau hier eigentlich getan wurde. Es war mir egal, woher die Schiffe kamen oder was sie geladen hatten. Ich interessierte mich nicht fürs Seemannshandwerk und wollte mir auch von niemandem irgendwelche Knoten beibringen lassen. Und doch war es ein beruhigendes Gefühl, hier zu sein.

Das Plätschern der Themse, der an heißen Tagen kaum auszuhaltende Gestank und Hunderte von Personen, die ehrlicher, körperlicher Arbeit nachgingen. Das war etwas anderes, als in den Fabriken zu sitzen. Dort war man eingezäunt, eingesperrt, wie ein Tier an einer zu kurzen Leine. Am Hafen, mit dem offenen Himmel über sich, konnte man die Freiheit zwischen der mühevollen Arbeit schmecken.

Hätte ich nur einen Deut Ahnung von der Schifffahrt gehabt, ich würde nicht zögern, Piratin zu werden.

Ich schlenderte am Kai entlang, ließ mir von Matrosen hinterherpfeifen und erspähte nach einiger Zeit endlich meine Cousins, die gemeinsam mit einem breit gebauten Seemann eine große Transportkiste aus einem Lagerhaus trugen und sie zu den anderen an der Kaimauer stellten. Im Gegensatz zu dem Seemann wirkten Delmore, Arden und Landen wie Schmalhanse. Der schlaksige Körperbau lag bei uns in der Familie. Alle Hemmiltons waren hoch wie ein Turm und schmal wie eine Leiter.

Verschmitzt grinsend hielt ich auf sie zu und klemmte mich ungebeten zwischen Delmore und Arden. »Lissy«, rief Landen überrascht und Delmore nahm mir zielsicher die Tüte mit den restlichen Gebäckstücken ab.

»Fantastisch«, kommentierte er, holte ein Brötchen hervor und schob es sich zur Gänze in den breiten Mund. Er sah dabei aus wie ein Frosch.

Lachend riss ich ihm die Tüte wieder aus der Hand, damit für die anderen auch noch etwas übrig blieb, und hielt sie Landen hin, der sich ebenfalls bediente. Arden legte mir den Arm um die Schultern, wie er es immer zu tun pflegte, wenn ich direkt neben ihm stand. Denn obwohl ich schon so groß war, dass ich die meisten Männer überragte, war mein Lieblingscousin noch einen halben Kopf größer und sah dies als Berechtigung an, sich bei mir aufzustützen.

»Ohne dich würden wir verhungern«, behauptete Arden und ich schüttelte den Kopf über sie. Denn die paar Brötchen würden ihnen bestimmt nicht den Magen füllen.

»Deine Freundin, Arden?«, fragte der Matrose neugierig und ließ seinen Blick über mich schweifen.

Ich hatte keine Idee, wie ich in seinen Augen wirken musste, mit der zu großen Bluse und dem geflickten grauen Rock, denn sein sonnengebräuntes Gesicht verriet es nicht.

»Unsere Cousine. Doch was auch immer du dir gerade ausmalst, lass es lieber. Liz wird dich dafür böse auflaufen lassen«, machte Arden einen Seemannsscherz und brachte dadurch Delmore und Landen zum Lachen. Der Matrose verdrehte nur die Augen.

»Auflaufen lassen. Wie ein Schiff«, grunzte Delmore mit vollem Mund und ich wusste nicht, ob ich mich dafür schämen sollte, dass er es für nötig hielt, die Pointe zu erklären oder ihn doch lieber für sein Gegrunze verspottete.

»Liz«, wiederholte der muskulöse Mann gedehnt und nun zeigte sein Gesicht ganz genau, was er vorhatte. Ein charmantes Schmunzeln legte sich auf seine Lippen und ich erwiderte seinen Blick ungeniert. »Was hältst du von einer Einladung zu einem Drink?«

»Sehr gern. Und wenn du es schaffst, dass ich vor dir betrunken vom Stuhl falle, dann darfst du mich möglicherweise sogar küssen«, erwiderte ich großmütig und spitzte frech meine schmalen Lippen zu einem Kussmund. Denn ich konnte es mir leisten, ihn zu verspotten. Siegessicher grinste ich und meine spitze Nase kräuselte sich dabei.

Meine Cousins lachten laut und schlugen sich gegenseitig ab, denn sie wussten so gut wie ich, dass dieser Kuss niemals zustande kommen würde. Noch nie hatte es einen Abend gegeben, an dem ich nicht die Letzte war, die noch saß, während der Rest bewusstlos am Boden lag. Fabrikarbeiter oder Seemann, doppelt so breit wie ich oder einfach nur übermütig, war dabei egal. Mir ging Alkohol runter wie Wasser.

Und wenn er ihn bezahlte, konnte mir das nur recht sein. Denn ich trug ja schließlich kein Geld bei mir.

3

Mr Fraser tauschte mit mir zwei rotbäckige Äpfel gegen einen Brief, den ich für ihn nach London City mitnehmen sollte. Er war ein seltsamer Kauz, der nicht viel davon hielt, Postgeld innerhalb der Stadt zu bezahlen. Und ich freute mich über die knackige Süße, die sich zu dem Gebäck in meinem Magen gesellte.

Die letzten Reste verfütterte ich an Mr Buttons, der mich dafür dankend mit der weichen Nase anstupste und sich anschließend an der Blässe kraulen ließ.

»Müssen Sie in die Stadt, Miss Hemmilton?«, wollte der dazugehörige Kutscher von mir wissen, während sein Pferd an meiner Tasche zupfte, auf der Suche nach weiteren Äpfeln.

Ich schenkte ihm ein breites Grinsen. »Wenn Sie so freundlich wären, mich die Strecke mitzunehmen, Mr Donnavan, dann sehr gern«, sagte ich und er rutschte auf dem Kutschbock der Droschke ein Stück zur Seite, sodass ich mich gerade so noch neben ihm niederlassen konnte.

Ich saß nie im Kutschraum, ich war schließlich kein Fahrgast und wollte auch keiner sein. Lieber zahlte ich meine Fahrt ins nächste Stadtviertel von London mit einer Lügengeschichte über Vampirpiraten und eine verfluchte Geistkönigin, mit der Mr Donnavan am Abend seine Kinder überraschen konnte.

Er setzte mich an irgendeiner Straße ab, als er Fahrgäste aufnahm, und ich ging zu Fuß zu der Adresse auf dem Umschlag, den mir Mr Fraser gegeben hatte. Ich überreichte ihn einem seltsamen Mann mit schiefer Nase und machte mich dann auf ins Westend, wo sich ein prachtvolles Haus an das andere reihte. Jane öffnete, als ich an den Dienstboteneingang klopfte, riss überrascht die Augen auf und schloss mich in ihre Arme.

»Was machst du hier?«, fragte sie mich mit strahlenden Augen, sah sich aufmerksam um, ob auch niemand uns bemerkte, und ließ mich dann in die große, mit blauen Mustern geflieste Küche.

»Ich habe bis heute Nachmittag nichts zu tun und dachte, ich schaue mal bei dir vorbei«, erzählte ich und sie hob skeptisch die Augenbrauen.

»Du meinst wohl, du hast Hunger und dachtest, du schaust, ob du bei mir etwas abstauben kannst«, deutete sie meinen unschuldigen Blick und brachte mich dadurch zum Lachen.

»Niemals!«, rief ich aus und Jane hielt mir den Mund zu. Sie kannte mich einfach viel zu gut. Und doch hatte sie unrecht mit ihrer Behauptung.

Seit sie im Haushalt der Brights als Dienstmädchen arbeitete, bekam ich sie kaum noch zu sehen. Sie schlief hier im Haus in der Angestelltenkammer, hatte ein eigenes Bett und saubere Kleidung. Sie brauchte sich nicht mehr mit mir, ihrer Schwester Laura und deren Kindern in ein Bett zu zwängen.

Ich vermisste sie. Denn sie war nicht nur meine Cousine, sondern auch meine Freundin. Niemand zwang mich mehr, meine Haare am Morgen zu kämmen, regelmäßig zu essen und weniger zu fluchen. Es war anders ohne sie und meine Freiheit fühlte sich seitdem immer wieder wie Haltlosigkeit an.

»Wen hast du denn da ins Haus gebracht?«, erkundigte sich eine ältere Frau bissig, die am Tisch stand und einen Teig knetete. Ihr grimmiger Blick schien mich förmlich aufzuspießen und ihre verkrampfte Haltung zeigte mir eindeutig, dass ich hier nicht willkommen war. »Wie oft muss ich dir noch sagen, dass Gossenkinder hier nichts zu suchen haben, Jane. Wir sind nicht die Wohlfahrt«, knurrte sie und schob sich provokant die Ärmel ihrer Bluse nach oben. Dabei verteilte sie unabsichtlich Mehl auf ihren Armen und ich musste mir auf die Lippe beißen, um nicht zu lachen.

»Keine Sorge, Mrs Roberts. Das ist meine Cousine Elisa«, stellte sie mich vor und ich machte einen ungelenken Knicks, bei dem nun auch Jane sich das Grinsen verkneifen musste.

Der Gesichtsausdruck der Köchin wurde schlagartig weicher und es erschien sogar so etwas wie ein halbes Lächeln auf ihren schmalen Lippen. »Ah, Elisa. Die Cousine, von der du Tag und Nacht redest?«, tadelte sie Jane und zeigte anklagend mit dem Finger auf sie. Meine

Cousine nickte jedoch nur eifrig und mit einem Lächeln wie eine Heilige höchstpersönlich.

Mrs Roberts schnaubte nur und widmete sich wieder ihrem Teig.

Jane zog mich kichernd weiter und wir setzten uns in der hinteren Ecke der Küche auf eine Eckbank. Auf dem Tisch stand ein halb leerer Topf mit Suppe, aus dem sie uns zwei Schüsseln füllte.

Sie ließ mich von meinem Tag erzählen, lachte über Shawn, machte sich mit mir zusammen Sorgen um Moira und schimpfte mich, mein Gebäck mit ihren Brüdern zu teilen.

»Die verdienen ihr eigenes Geld, Liz. Wenn sie es nicht in Drinks anlegen würden, hätten sie auch genug, um sich hin und wieder etwas zu essen zu kaufen«, beschwerte sie sich und rührte dabei energisch mit dem Löffel in ihrer Suppe herum.

»Du siehst das ganz falsch, Jane«, erwiderte ich augenrollend und stupste sie mit der Schulter an. »Wenn ich ihnen tagsüber etwas zu essen bringe, bezahlen sie mir am Abend mehr Fusel.«

»Das ist nicht besser«, fuhr sie mich an und doch konnte ich das versteckte Lachen in ihren Mundwinkeln sehen. Sie hatte nie einen Hehl daraus gemacht, wie sie zu meiner Begeisterung für Alkohol stand, und doch liebte sie mich zu sehr, um mir zu verbieten, was ich gern tat.

»Aber jetzt mal genug von mir. Wie geht es dir hier?«, lenkte ich ab, damit wir uns nicht nur über mich unterhielten, und Jane ging darauf ein.

»Sehr gut. Die Brights sind eher ruhige Leute, die die Dinge nicht zu streng sehen. Das macht es leichter, weil man nicht bei jedem Schritt fürchten muss, etwas Falsches zu tun«, erzählte sie mir und spielte damit auf ihre letzte Anstellung an.

Das war eine schreckliche Zeit gewesen, in der Jane immer unglücklich und noch dünner als sonst ausgesehen hatte. Doch nur ein Blick in ihr mittlerweile rundliches Gesicht zeigte mir schon, wie gut es ihr hier erging.

»Wir hatten am Wochenende eine Soiree, bei der so viele Törtchen übrig geblieben sind, dass das Personal sie aufessen musste, damit sie nicht schlecht werden«, erzählte sie mir neckend und ich verzog gespielt mein Gesicht zu einer schockierten Grimasse.

»Du hast Törtchen gegessen ohne mich?«, heulte ich auf und warf dramatisch den Kopf zurück. Jane kicherte. Mrs Roberts strafte uns mit Blicken, sagte aber nichts.

»Außerdem ist der junge Mr Bright zu Besuch bei seinen Eltern.« Schon während sie es sagte, färbten sich ihre Wangen in einem zarten Rosé, das ein so untrügliches Zeichen war, dass es mir gar nicht entgehen konnte.

Jane hatte sich mal wieder verliebt. Und das diesmal nicht in einen dahergelaufenen Seemann oder irischen Gastarbeiter, sondern in einen feinen Herrn aus gutem Hause.

Mein Herzschlag beschleunigte sich sofort und ich musste mich zusammenreißen, um mein Lächeln nicht zu verlieren. Jane war hübsch und freundlich, mit einem Herzen, das sie viel zu leichtfertig verschenkte. Wäre ich nicht an ihrer Seite gewesen, all die Jahre, sie hätte den erstbesten Mann ohne nachzudenken geheiratet. Nächtelang hatte ich mir ihr geflüstertes Schwärmen angehört und ihr die Kerle madig geredet. Wenn sich ihr jemand genähert hatte, hatte ich ihn systematisch verjagt, um meine Cousine bloß nicht an einen Tunichtgut zu verlieren.

Doch hier würde ich sie nicht mehr beschützen können. Seit sie gegangen war, konnte ich nicht mehr darauf achtgeben, wem sie ihr Herz schenkte und ob er dieses auch wert war.

Ich konnte kaum atmen und zwang mich, weiter meine Suppe zu löffeln, auch wenn mir der Appetit vergangen war.

»Er ist ein Mann von besonderem Anstand. Und so freundlich. Oh Liz, du müsstest seine Augen sehen. Das reinste Blau, das du jemals zu Gesicht bekommen hast«, geriet sie ins Schwärmen und mir fiel einfach nicht ein, was ich sagen konnte, um ihn ihr schlecht zu machen. Denn ich kannte ihn nicht und ich konnte nur hoffen, dass jemand wie er sich niemals für ein Dienstmädchen interessierte. Egal wie hübsch es war.

4

Ich betätigte den Türklopfer einer Villa und wartete angespannt darauf, dass mir der Butler die Tür öffnete. Hier in den reichen Stadtvierteln von London fühlte ich mich unsicher auf offener Straße, blickte mir ständig über die Schulter und fürchtete mich mehr als in den engen Gassen des East Ends.

Dort kannte ich die Verbrecher wenigstens alle. Sie hatten Namen und Familien und ich wusste auch, wie ich mit ihnen umzugehen hatte.

Hier war ich eine Fremde. Ein Störenfried, der sofort auffiel in abgetragener Kleidung und ohne Hut.

Zum Glück ließ mich Benjamin Green nicht allzu lange warten und mit einem höflichen Nicken eintreten. Er war ein wirklich stattlicher Mann mit sehr ernstem Gesichtsausdruck, der sich durch keinen Scherz oder Neckerei dazu bewegen ließ, auch nur ein klein wenig zu lächeln. Wirklich zu schade, er hätte mein Herz sicher erweichen können, wenn er es darauf angelegt hätte.

Wie jedes Mal bekam ich nur ein reserviertes Nicken von ihm, bei dem ich nicht wusste, ob er mich nun willkommen hieß, oder lieber sofort wieder losgeworden wäre.

Langsam trat ich in die Eingangshalle ein, damit meine Schritte nicht viel zu laut von den Wänden widerhallten. Gewaltige, aufwendig verzierte Bilderrahmen fassten wertvolle Portraits ein, von Menschen, die alle längst tot waren und die trotzdem missbilligend auf mich heruntersahen.

Benjamin führte mich durch die Doppelflügeltür in den Salon, der noch pompöser eingerichtet war. Teure Möbel, Kissen mit Troddeln, farbige Tapeten.

Ich zog die Nase kraus angesichts der Ironie. Farbige Tapeten für einen blinden Mann. Das war eine wirklich traurige Verschwendung.

Quinton Beaufort saß wie immer in seinem Sessel, das Gesicht dem Fenster zugewandt, und starrte mit vernebelten Augen ins hereinfallende Sonnenlicht.

»Elisa Hemmilton, Sir«, kündigte mich der Butler an, als ich das Zimmer betrat und meine schmutzigen Stiefel im weichen Flor des teuren Teppichs versanken.

»Miss Elisa. Wie schön, dass Sie hier sind«, rief Mr Beaufort und schickte sich an aufzustehen, um mich zu begrüßen, doch ich legte ihm schnell eine Hand auf die Schulter und drückte ihn vorsichtig zurück in seinen Sessel.

»Sir, Sie sollen doch nicht aufstehen«, ermahnte ich ihn und er lachte kratzig.

»Ich muss doch eine hübsche Dame gebührend willkommen heißen«, behauptete er.

Breit grinsend ließ ich mich auf den Stuhl sinken, der für mich bereitstand. »Sie wissen doch gar nicht, ob ich hübsch bin«, konterte ich und der Blinde lächelte verschmitzt, sodass man erahnen konnte, was für ein Schürzenjäger er in jungen Jahren mal gewesen sein musste.

»Aber Benjamin hat es mir verraten«, erzählte er mir und mein amüsierter Blick wanderte von allein zu dem Butler, der immer noch an der Tür stand und keine Miene verzog.

So war das also. Benjamin Green fand mich hübsch.

Es schien ihm, trotz fehlender Reaktion, aber doch unwohl dabei zu sein, von mir gemustert zu werden, denn er verbeugte sich und verließ schnell den Raum.

Ich fragte mich, ob er sich wohl auch beim Hinausgehen verbeugte, wenn ich nicht hier war. Denn der alte Mr Beaufort konnte es ja schließlich nicht sehen.

»Dann hat Sie der freundliche Mr Green aber falsch informiert, Sir. Ich besitze ein, bei gutem Willen, als gewöhnlich zu bezeichnendes Gesicht und habe Arme und Beine wie ein Weberknecht«, erklärte ich und griff nach dem Buch, das auf dem kleinen Tischchen zwischen uns bereitlag.

Das seidene Lesezeichen markierte die Stelle, an der wir letzte Woche aufgehört hatten.

»Und bescheiden sind Sie wohl auch«, erwiderte Mr Beaufort und ich musste mir ein Lachen verkneifen.

»Lassen Sie uns lieber beginnen«, wechselte ich das Thema, schlug das Buch auf und begann vorzulesen.

Mr Beaufort und ich waren uns erst vor ein paar Wochen an einem kalten, aber sonnigen Frühlingsnachmittag im Park in der Nähe seines Hauses begegnet. Was ich dort eigentlich getan hatte, wusste ich schon nicht mehr, denn es war vergessen gewesen, als ich einen alten Herrn erblickte, dem das Buch aus den Händen gefallen war und der es nicht mehr finden konnte, obwohl es direkt zu seinen Füßen lag.

Benjamin war auf der Jagd nach Mr Beauforts Hut gewesen, der durch eine starke Briese davongeflogen war, und hatte den Blinden auf einer Parkbank zurückgelassen.

»Ihr Buch, Sir«, hatte ich gesagt und es für ihn aufgehoben. Der Titel war mir ins Auge gesprungen, da es eines der wenigen Bücher war, die ich bereits gelesen hatte. »Ein wundervoller Roman«, meinte ich, als ich es ihm in die ausgestreckten Hände legte.

»Haben Sie es gelesen?«, fragte er mich, obwohl ich mich schon zum Gehen gewandt hatte.

»Ja, ich habe damit das Lesen gelernt«, erwiderte ich und blickte in seine trüben Augen, die an mir vorbeisahen.

Er hielt mir das Buch wieder hin. »Würden Sie wohl die Güte haben, mir daraus vorzulesen, bis mein Butler wieder zurück ist? Ich habe die Zeilen schon so lange nicht mehr genießen können.«

Benjamin Green brachte uns Kaffee und Sandwiches, an denen ich mich nur zu gern bediente. Dabei las ich sogar noch ein Kapitel mehr vor als ausgemacht, da auch für mich die Handlung der Geschichte zu spannend war, um mit der Fortsetzung auf nächste Woche zu warten.

Als ich das Buch zuschlug, war mein Hals ganz trocken und ich nahm meine Tasse, um den Rest des Kaffees auf einmal hinunterzustürzen.

»Wie wundervoll. Ich danke Ihnen für Ihre Zeit, Miss Elisa«, sagte Mr Beaufort und ich legte das Buch lächelnd auf das Tischchen zurück, wo es bis nächste Woche auf uns warten würde.

»Sehr gern, Mr Beaufort. Die Wahl Ihres Buches ist wieder einmal exzellent«, lobte ich ihn für die abenteuerliche Geschichte und er grinste breit.

»Das war doch Ihre Bedingung. Bloß nichts Langweiliges, sagten Sie«, erinnerte er mich an meine Worte damals im Park und ich nickte, obwohl er es nicht sehen konnte.

»Da haben Sie wohl recht«, fügte ich daher hinzu und erhob mich von meinem Stuhl. Mein Rückgrat knackte, als ich mich aufrichtete.

»Und Sie wollen wieder kein Geld?«, fragte er mich plötzlich und ich seufzte. Für reiche Menschen schien es unverständlich zu sein, dass ich Geld nicht wollte. Meine Bezahlung für die Stunden des Lesens waren die Geschichten, die ich sonst niemals hätte erfahren können, und die Berge an Sandwiches, die es hier zu essen gab.

Und irgendwie war es auch verständlich. Wir lebten in zwei völlig unterschiedlichen Welten. Sich in seinen Kreisen zu bewegen, ohne Geld zu besitzen, war eine Unmöglichkeit. Sollte es mir jemals passieren, dass das Schicksal mich im gesellschaftlichen Ansehen hob, müsste auch ich mich damit arrangieren. Doch solange blieb ich bei meinen Tauschgeschäften.

»Da Sie neulich von einem neuen Rock sprachen, habe ich jetzt etwas für Sie, als Ergänzung zu Ihrer Garderobe. Und ich bitte Sie, es anzunehmen«, verkündete der alte Mr Beaufort und Benjamin Green trat genau in diesem Moment ins Zimmer, eine kleine hölzerne Schatulle in der Hand.

Ob er da draußen wohl auf sein Stichwort gewartet hatte, um einen punktgenauen Auftritt hinzulegen? Dieser Mann war ein einziges Mysterium.

Er reichte mir die Schatulle, die ich nur zögerlich entgegennahm. Sie war schwerer als erwartet und ich stellte sie neben dem Buch auf das Tischchen, um den Verschluss zu öffnen.

Eine leise Nervosität befiel mich, da ich nicht wusste, was mich erwartete. Ich mochte Mr Beaufort und wollte ihn ungern vor den Kopf stoßen, indem ich sein Geschenk zurückwies. Denn für Schmuck jeglicher Art hatte ich absolut keine Verwendung.

Doch als ich den Deckel öffnete, entfuhr mir ein erleichtertes Lachen. Auf Samt gebettet lagen in einer Vertiefung in der Mitte sechs glänzende Knöpfe.

Knöpfe! Ich nahm sie heraus und wog sie in den Händen. Sie waren schwer, sicher aus Gold und doch von so einem unscheinbaren Schimmer, dass ich sie leicht bei mir tragen konnte, ohne dass sie jemandem auffallen würden. Ein kleiner Vogel war in die Köpfe geprägt und ich fuhr ihn mit der Fingerspitze nach.

»Oh Sir, sie sind wunderschön«, sprach ich meine Gedanken aus und Mr Beaufort faltete zufrieden die Hände über seinem runden Bauch.

»Hervorragend. Ich habe Benjamin gebeten, sie auszusuchen. Auf ihn ist immer Verlass«, teilte er mir mit und ich sah wieder zu dem Butler.

»Das ist wahr. Danke schön«, sagte ich gleichsam zu Mr Beaufort wie auch zu Benjamin Green.

Dieser nahm die Schatulle auf und hielt sie mir hin, damit ich die Knöpfe wieder hineinlegen konnte.

Doch so freundlich diese Geste auch war, das Kästchen wäre viel zu wertvoll, als dass ich es hätte mitnehmen wollen. Also ließ ich die Knöpfe in meine Rocktasche gleiten und schenkte dem Butler ein liebliches Lächeln.

Sein Gesichtsausdruck zeigte keine Regung. So ein seltsamer Kerl.

Ich verabschiedete mich, wünschte gute Gesundheit und wurde von Benjamin Green zum Ausgang begleitet. Die Schatulle ließ ich stehen und der Butler nötigte mich auch nicht, sie mitzunehmen.

»Bis nächste Woche, Miss Hemmilton«, verabschiedete er sich tonlos. Mit einem auffälligen Augenaufschlag grinste ich ihn über die Schulter hinweg an, um auch nur die kleinste Reaktion zu provozieren. »Bis nächste Woche, Mr Green«, säuselte ich lasziv, er zog ohne es zu beachten die Tür zu und ließ mich lachend auf der Straße zurück.

5

Mein Magen war so voll, dass es mir schwerfiel, nicht müde zu werden. Doch dafür hatte ich eigentlich keine Zeit. Ich musste mich ranhalten, um rechtzeitig wieder in London City zu meinem letzten Tauschgeschäft für diesen Tag zu kommen.

Die Tür der Schneiderei war bereits abgeschlossen und ich klopfte leise, damit Glory mich einließ.

»Ich dachte schon, du kommst nicht und ich muss den Dreck selbst wegmachen«, stöhnte die Schneidereigehilfin genervt, schob sich den pechschwarzen Zopf über die Schulter nach hinten und drückte mir sofort den Besen in die Hand.

Glory hasste es zu putzen. Sie war eine begnadete Näherin, flink und präzise mit Nadel oder Schere. Doch wenn es darum ging, einen Lappen zur Hand zu nehmen, sträubte sich bei ihr alles.

Also putzte ich für sie, während sie die freie Zeit nutzte, um mir einen neuen Rock zu nähen. Den hatte ich nämlich dringend nötig. Der Winter stand vor der Tür und der Stoff meines jetzigen wurde an manchen Stellen schon fadenscheinig.

»Ich habe etwas mitgebracht«, verkündete ich, als Glory sich elegant mit dem Hintern auf ihren Arbeitstisch schwang und das Bündel mit meinem Rock ausrollte, der schon kurz vor der Vollendung stand.

Tief vergrub ich meine Hand in meiner Rocktasche und zog die goldenen Knöpfe hervor. »Könnten wir die nicht vorn als Zierde anbringen?«, schlug ich vor und Glorys Augenbrauen zogen sich beinahe bis zum Haaransatz hoch.

Sie nahm mir einen der Knöpfe aus der Hand und hielt ihn ins Licht ihrer Lampe.

»Wo hast du die denn her?«, fragte sie bestürzt und ließ sich die anderen auch noch geben. »Die sind unglaublich schön, Liz. Und sicher auch wertvoll.« Ihr kritischer Blick traf mich von der Seite und sie musterte mich, als hätte sie mich dabei erwischt, ein Verbrechen zu begehen.

Ich versuchte nicht auf sie zu achten.

»Ich habe sie geschenkt bekommen«, sagte ich nur und war mir ziemlich sicher, dass ich Glory nicht noch mehr darüber berichten wollte. Sie war ein wankelmütiges Ding, dem ich für gewöhnlich nicht über den Weg getraut hätte, wäre ich nicht in der Not, Kleidung tragen zu müssen.

»Soso«, kommentierte sie und wartete auf mehr Informationen, die ich ihr nicht gab.

Unangenehme Stille legte sich über uns, ich fegte die Schneiderei aus und sie machte die letzten Stiche am Saum, um anschließend die Knöpfe mit besonders dickem Zwirn zu befestigen, damit ich sie nicht aus Versehen verlieren konnte.

Nachdem ich die Flächen gewischt, Stoffreste fein säuberlich verräumt und die Garne nach Farbe sortiert hatte, verkündete Glory, dass mein Rock fertig sei. Ich glaubte ihr nicht, dass sie tatsächlich noch so lange daran gesessen hatte und genau zu dem Zeitpunkt die Arbeit beendet hatte, an dem die Schneiderei sauber war.

»Du brauchst doch sicher noch mehr, oder?«, erkundigte sie sich und verzog ihren Mund zu einem Fischmaul, von dem sie wohl dachte, dass es niedlich aussah.

Ich lächelte schal. »Ja. Morgen bringe ich dir Stoff für eine neue Jacke«, versicherte ich und bestätigte damit ihre Hoffnung, auch in Zukunft nicht selbst putzen zu müssen.

Sie erlaubte mir, mich in der Kammer hinter der Schneiderei umzuziehen und den alten Flickenrock, der mir lange Zeit gute Dienste erwiesen hatte, einfach in der Fetzenkiste liegen zu lassen.

Mein Abschied fiel recht knapp aus und ich verschwand in der Dämmerung, die sich über die Stadt legte wie ein dunkles Tuch. Im Schatten der Häuser kroch nun das Übel aus den Ecken, kratzte an den Mauern entlang und zog durch die Gassen, auf der Suche nach Opfern.

Ich ging zügigen Schrittes durch die Gassen, um eine der breiteren Straßen zu erreichen, die von Laternen gesäumt waren, und hielt meine Tasche ganz nah bei mir. Jedoch bemühte ich mich darum, aufrecht zu laufen und nicht zu verkrampft zu wirken. Auf keinen Fall wollte ich von den Schatten der Nacht als schwach wahrgenommen werden.

Ich war schließlich Elisa Hemmilton, unerschrockene Heldin des Tauschgeschäfts. Sollte dieser Fall eintreffen, würde ich schon einen Weg finden, damit zurechtzukommen.

Die Lichter der Gaslaternen schimmerten schon von Weitem, da sah ich, wie sich etwas an der Hausmauer regte. Zwei Gestalten schoben sich aus der immer tiefer werdenden Dunkelheit und stellten sich mir in den Weg. Mein Herz setzte einen Schlag aus, um dann umso schneller zu klopfen.

Doch ich hob das Kinn nur noch höher, setzte einen arroganten Gesichtsausdruck auf und ging den beiden mit sicheren Schritten entgegen, so als hätte ich sie nicht bemerkt.

An so manchem kleinen Gauner war ich auf diese Art und Weise vorbeigekommen, weil ich ihr Geheimnis kannte: Sie fürchteten sich ebenfalls vor der Dunkelheit und den Schrecken, die darin lauerte. Ein Fisch mit spitzen Zähnen hatte immer Angst vor einem mit noch größeren Zähnen.

Ich musste mich nicht umsehen, um zu wissen, dass auch ein Mann hinter mir aufgetaucht war, denn seine Schritte erzeugten ein deutliches Schlurfgeräusch auf dem groben Pflaster.

»Na, wen haben wir denn da? Ein Mäuschen, das sich zwischen die Katzen verirrt hat«, knurrte einer der beiden Männer vor mir und es war, als fiele mir ein Stein vom Herzen.

Am liebsten hätte ich laut gelacht, als ich die Stimme erkannte, doch das hätte die ganze Wirkung verdorben, die ich gerade hatte. Meine Furcht verpuffte jedoch sofort und ich stemmte herausfordernd die Hände in die Seiten.

»Wenn du dich da mal nicht irrst. Ich bin nämlich eine Schlange, mein Lieber«, zischte ich zurück und obwohl ich es versuchte zu unterdrücken, konnte man doch den amüsierten Ton in meiner Stimme hören. Mein Puls raste immer noch, wenngleich vor Erleichterung, und pumpte mir den Übermut durch die Adern.

Dem Mann vor mir, der gesprochen hatte, sackten die Schultern nach unten und er trat einen Schritt nach vorn, um mich besser in Augenschein zu nehmen.

»Oh nein«, stöhnte er genervt auf und ließ den Kopf kreisen. »Es ist Elisa Hemmilton.«

»Na und?«, wollte sein Nebenmann wissen und stieß ihn auffordernd an.

Doch er winkte nur ab. »Vergeudete Mühe. Sie trägt nie Geld bei sich«, kommentierte er und hatte damit völlig recht.

Meine Hand glitt jedoch trotzdem in meine Tasche und ertastete kratzige Wolle.

»Aber dafür habe ich etwas anderes für dich, Jimmy Fuller.« Ich hielt ihm die Mütze hin, die ich seit heute Morgen bei mir trug. »Die hat mir deine Mutter gegeben, damit ihr kleiner Jimmy des Nachts nicht friert. Es ist ja schon recht kalt geworden zu dieser Jahreszeit«, säuselte ich, als spräche ich mit einem kleinen Kind, und der Mann hinter mir begann zu lachen.

Auch ich konnte das Grinsen nicht länger unterdrücken, als Jimmy Fuller mir die Mütze aus der Hand riss.

»Ich hasse dich, Elisa«, schnaubte er wenig ernst und ich zuckte spielerisch mit den Schultern.

»Ooooh«, machte ich und lächelte zuckersüß, als hätte er mir ein Kompliment gemacht. »Gern geschehen.«

»Verschwinde, bevor ich dich übers Knie lege«, schnaubte er und machte mir den Weg frei.

»Nicht dass mir das hinterher noch gefällt«, konterte ich frech und nun lachte auch der zweite seiner Männer.

Mit schwingenden Hüften lief ich aus der Gasse auf die beleuchtete Straße und kicherte in mich hinein. Denn dieser Auftritt gerade war es allemal wert gewesen, die Mütze den ganzen Tag bei mir zu tragen.

Ich war nur etwa hundert Schritt gelaufen, da sah ich mich auch schon der nächsten Kuriosität gegenüber. Ihre zeternde Stimme war schon von Weitem zu hören. Eine Frau stand auf den Stufen eines Stadthauses und stritt lautstark mit einem Mann an der Tür, der die Garderobe eines Butlers trug.

»Das ist unerhört! Wissen Sie eigentlich, wer ich bin?«, maulte sie und der Butler ballte mit erbostem Blick die Hände zu Fäusten.

»Der Herr ist im Aufbruch begriffen. Ich kann Sie unmöglich zu ihm lassen«, versuchte er auf sie einzureden, doch sie schüttelte den Kopf.

»Aber natürlich«, rief sie sarkastisch und schnaubte. »Gestern war er am Schlafen, vorgestern hatte er unerwarteten Besuch. Welche Ausrede kommt als Nächstes?«

Ich trat näher heran, konnte gar nicht anders, als dem Schauspiel, das sich mir hier bot, zu folgen. Was war das nur für ein Weib, das hier auf offener Straße mit solchen Anschuldigungen um sich warf?

Ich war sofort gewillt, ihr zu helfen, auch wenn meine Knochen müde von dem langen Tag waren und es besser für mich gewesen wäre, jetzt nach Hause zu gehen. Doch es war zu absonderlich, um einfach vorbeizuschleichen. Also drängte ich mich nah an der Treppe in die Schatten der Hauswand und beobachtete, was weiter geschah.

»Hören Sie, Mrs …«, setzte der Butler an und wurde unterbrochen.

»Miss!«, korrigierte die Dame ihn scharf und richtete ihren viel zu großen Hut. »Und ich weiß ganz genau, dass Mr Montgommery sich schon etliche Male für eine Professur beworben hat und sehr belesen auf seinem Gebiet ist. Ich biete ihm diese Professur und er will mich nicht sprechen, weil es hier um die Bildung von Frauen geht.«

Überrascht riss ich die Augen auf und wäre beinahe nach vorn gestolpert; als mein Fuß an etwas hängen blieb, konnte ich mich aber gerade noch an der Mauer abfangen.

Der Butler machte den Mund auf, aber die Dame war noch nicht fertig und hob warnend ihren spitzenbehandschuhten Finger. »Wohltätig lässt er sich nennen. Großmütig und weltoffen. Aber einladen möchte er mich nicht. Gott bewahre, dass er sich meinen Vorschlag anhören müsste, den er abzulehnen erwägt, um so seinen so feinen Ruf nicht zu ruinieren«, schimpfte sie und ich musste mir ein Lachen verkneifen. Das wurde hier immer besser.

»Der Herr ist unterwegs in den Club«, behauptete der Butler energisch und hatte Mühe, Haltung zu bewahren. »Er …«

Und schon wieder wurde er von der Dame unterbrochen.

»Der Herr«, spottete sie und warf die Hände in die Luft, sodass der üppige Schmuck an Handgelenk und Fingern im Licht der Gaslaternen glitzerte. »Er ist doch nicht Gott!«

»Ich lasse Sie trotzdem nicht zu ihm, Miss«, hielt der Butler ihr weiterhin stand und trat zurück in die Tür. »Einen guten Abend.«

»Ich werde wiederkommen. Morgen und übermorgen. Und so lange, jeden Tag, bis mich Mr Montgommery empfängt«, rief sie, als der Butler sich anschickte, die Tür zu schließen. »Verlassen Sie sich drauf!«

Das Türschloss klackte, als jemand einen Schlüssel darin herumdrehte, und die Dame stöhnte empört auf.

»Welch eine Frechheit!«, keifte sie noch einmal nur für sich und trat zurück an die Straße, wo nicht weit entfernt eine Kutsche auf sie zu warten schien.

Ich ließ meinen Nacken knacken und atmete tief die kühle Nachtluft ein.

Welch eine interessante Unterhaltung. Zwar konnte ich mir die Zusammenhänge nur zusammenreimen, doch das, was mir unbekannt blieb, regte meine Neugierte so sehr an, dass ich mir ein Herz nahm und neben die Dame trat. Sie zuckte erschrocken zusammen, als sie mich neben sich bemerkte, und sah mich aus großen Augen überrascht an.

Bevor sie jedoch den Mund öffnen konnte, um etwas zu sagen, fragte ich schon: »Über welche Art von ›Bildung für Frauen‹ haben Sie gesprochen?«

Die Dame blickte sich um, wahrscheinlich um herauszufinden, ob ich allein war und blinzelte irritiert zu mir herauf, da ich sie um sicher einen Kopf überragte.

»Da Sie von einer Professur sprachen, klingt es nach einer Universität. Aber eine Universität für Frauen?«, erkundigte ich mich skeptisch und die Dame legte den Kopf schief. Wenigstens hatte ich sie nicht genug erschreckt, dass sie Angst vor mir hatte. Oder sie wähnte sich in Sicherheit, da der Kutscher vom Bock abgestiegen war und uns ganz genau im Blick behielt.

»Ähm, wer sind Sie überhaupt?«, wollte sie von mir wissen und ich schalt mich innerlich selbst für meine Unhöflichkeit. Ich vergaß immer wieder, dass es bei den reichen Leuten anders zuging als bei uns im East End.

»Oh natürlich. Entschuldigen Sie. Mein Name ist Elisa Hemmilton und ich habe zufällig Ihr nicht zu überhörendes Gespräch mit angehört«, erläuterte ich und grinste, als könnte man auf diese Tatsache auch noch stolz sein.

»Guten Abend«, sagte sie steif, stellte sich aber ihrerseits nicht vor. Einen Moment fürchtete ich sogar, sie beabsichtigte, nicht auf meine Frage zu antworten und einfach zu gehen.

Doch sie plusterte sich nur auf und machte ein ernstes Gesicht. »Und ja, das haben Sie ganz richtig erkannt. Es handelt sich um eine Universität nur für Frauen. Ich sitze in einem Komitee zur Gründung und bin nun auf der Suche nach qualifizierten Lehrkräften. Wären diese nur nicht so starrsinnig«, schimpfte sie schon wieder und warf dem Haus einen bitterbösen Blick zu.

»Wieso suchen Sie ihn nicht in seinem Club auf?«, erkundigte ich mich und schlenderte neben der Dame her, die sich langsam auf ihre Kutsche zubewegte. Mir ging dabei der Gedanke einer Universität für Frauen nicht aus dem Kopf. Welch eine wundersame Sache, die mir gleichsam verlockend wie auch unmöglich erschien.

»Wie bitte?« Die Dame sah mich verwundert an, dabei lag das Ganze für mich so klar auf der Hand, dass ich der Meinung war, dass jeder auf diesen Plan hätte kommen können.

Doch anscheinend musste ich mich erklären. »Nun ja«, begann ich und lächelte verschmitzt. »Sie fahren zum Club des besagten Mr Montgommery und bieten ihm die Professur in aller Öffentlichkeit an. Wenn er sich selbst wohltätig und weltoffen darstellen möchte, zwingen Sie ihn durch die Zuschauer dazu, zuzusagen«, führte ich aus und die Dame, die wieder stehen geblieben war, starrte mich so unverhohlen an, dass ich fürchtete, etwas völlig Absurdes von mir gegeben zu haben.

»Das ist brillant!«, stieß sie hervor und ich atmete erleichtert auf. Sie legte sich einen Zeigefinger an den Mund und schien zu überlegen. »Sofern man tatsächlich in den Club gelangen könnte«, murmelte sie und ich verstand das Problem. Denn in solche Clubs bekam man als Frau nur auf Einladung Einlass. Oder wenn man ein Freudenmädchen war.

»Um was für einen Club handelt es sich denn genau?«, fragte ich, um ihr bei der Lösungsfindung helfen zu können, und die Dame sah mich wieder an.

»Wieso interessiert es Sie überhaupt?«, stellte sie eine Gegenfrage und ich zuckte mit den Schultern.

»Es klingt spannend und ich bin neugierig.« Denn das war die Wahrheit. Ich hatte keinen Grund, ihr zu helfen. Doch ich fand die Situation interessant und genau aus solchen Gelegenheiten ergaben sich später die besten Tauschgeschäfte.

Sie ließ es mit einem Schnauben gelten.

»Außerdem kenne ich eine Menge Menschen«, ergänzte ich, um einen weiteren Anreiz zu schaffen.

»Es ist ein Club für rauchende alte Männer. Kennen Sie auch jemanden im Sterling-Club?«, erkundigte sie sich herausfordernd, als glaubte sie mir nicht, und ich lachte auf, weil mir der Name bekannt war.

»Ja, das tue ich tatsächlich«, rief ich aus und spürte die Abenteuerlust ganz deutlich durch meine Adern pochen. Welch ein spannender Abend. »Aber wir brauchen dafür teure Zigarren.«

6

Die Dame ließ mich in ihre Kutsche steigen und wies den Kutscher an, zum nächsten Tabakhändler zu fahren. Noch war es nicht spät genug, dass alle Läden geschlossen hatten. Doch der Kutscher fuhr uns natürlich quer durchs Herz von London zum kleinen Geschäft von Mr Serranopolis. Na wunderbar, dachte ich genervt und sank ein Stück tiefer in die weichen Polster der Bank. Denn dieser Laden war der einzige in ganz London, in den ich keinen Fuß setzen durfte, wenn ich nicht mit dem Knüppel eins übergezogen kriegen wollte.

Ich lächelte lediglich, als die Dame mich auffordernd ansah, und rührte mich nicht von der Stelle.

»Sie müssen gehen. Ich habe kein Geld bei mir«, fand ich eine Ausrede und sie beäugte mich misstrauisch.

»Wer hat denn bitte kein Geld bei sich?«, wollte sie wissen und ich lachte auf.

»Ich brauche kein Geld. Ich ertausche mir die Dinge, die ich brauche«, erklärte ich ihr und sie schüttelte den Kopf über mich.

»Brendon-Welderson«, sagte sie plötzlich und ich hob fragend die Augenbrauen. »Mein Name. Miss Franzin Brendon-Welderson. Und ich hoffe wirklich, Sie sagen die Wahrheit und helfen mir, in diesen Club zu kommen.«

»Das werde ich, Miss Brendon-Welderson«, versicherte ich ihr lächelnd und sie stieg mit hocherhobenem Kopf aus der Kutsche. Ihr ausladender Rock passte beinahe nicht durch die schmale Tür des Geschäftes, was mich außerordentlich amüsierte, und ich wartete nicht lange, da kam sie auch schon wieder zurück. Eine kleine Holzschachtel in den Händen.

Der Club war nur ein paar Straßen weiter und wir liefen von der letzten Straßenecke aus, um mit der Kutsche kein unnötiges Aufsehen zu erregen.

Mir kribbelte es überall, ich musste mich um einen gleichmäßigen Atem bemühen und meine Finger zuckten nervös. Jeden Tag ereigneten sich Dinge, die man nicht vorhergesehen hatte, und ich schlängelte mich durch sie hindurch wie ein Fluss, der einen neuen Lauf suchte.

Aber heute war es etwas anderes. Denn ich musste nicht nur mir helfen, sondern mich auch vor der jungen Dame neben mir beweisen. Und ich hatte das Gefühl, dass ich mich vor ihr besser nicht blamierte.

»Warten Sie kurz hier«, bat ich sie, als der Eingang des hell erleuchteten Gebäudes in Sicht kam, auf das zwei Männer in Smokingjacketts aus dunkelrotem Samt zutraten und von dem bulligen Einlasser abgenickt wurden.

Unauffällig schob ich die Schachtel mit den Zigarren in meine Tasche und war froh, den neuen Rock zu tragen, der sehr viel ansehnlicher war als der alte, sodass ich in dieser Gegend nicht unangenehm auffiel.

Ich wartete ab, bis sich die Tür hinter den Herren wieder schloss, und setzte mich dann in Bewegung.

Der Einlasser sah mich schon von Weitem kommen, baute sich groß auf, sodass seine breite Statur zur Geltung kam, und verzog drohend die Miene. Er sah wirklich furchterregend aus mit der schief zusammengewachsenen Nase und der Narbe, die sich über seine linke Wange bis hinunter zum Kinn zog.

Doch mir machte er keine Angst, dafür wusste ich zu viel über ihn. Ich lächelte ihn schelmisch an und ihm fiel die grimmige Miene aus dem Gesicht, als er mich erkannte.

»Elisa, was tust du denn hier?«, fragte er mich erstaunt und ich lehnte mich neben ihn ans kalte Geländer der Eingangstreppe.

»Guten Abend, Baxter«, grüßte ich mit Selbstsicherheit in der Stimme und ließ meinen Blick über ihn schweifen. »Siehst gut aus.«

»Was willst du?«, grollte er und verschränkte seine muskulösen Arme vor der Brust.

Baxter und ich stammten aus dem gleichen Viertel. Seine Schwestern waren mit meinen Cousinen befreundet und sein Bruder hatte schon versucht, bei mir einen wegzustecken, was für ihn nicht gut ausgegangen war. Ich kannte ihn und er mich, und nur weil er sich durch Boxkämpfe das Gesicht malträtieren ließ, machte das aus ihm keinen anderen Menschen. Denn selbst wenn seine Brüder eine verderbte Brut waren, hatte er zwar eine harte Schale, aber einen ziemlich weichen Kern.

»Ich möchte, dass du meine Freundin reinlässt. Nur für fünfzehn Minuten«, eröffnete ich ihm ohne Umschweife und er lächelte schief.

»Sicher nicht.«

»Ach, komm schon, Bax«, blaffte ich freundschaftlich und zog die Schachtel mit den Zigarren aus meiner Tasche, als hätte ich sie zufällig darin gefunden. »Du könntest dir eine hiervon anstecken, dir kurz die Beine vertreten und ganz zufällig nicht sehen, wie sie ins Gebäude schlüpft«, schlug ich vor und er schüttelte den Kopf. Sein Blick hing trotzdem an den Zigarren.

»Das könnte böse für mich enden, wenn ich hier irgendwen reinlasse«, brummte er und ich wedelte das Argument einfach mit der Hand und einem unbekümmerten Lächeln fort.

»Das ist nicht irgendwer. Das ist Miss Franzin Brendon-Welderson«, beteuerte ich, als wäre sie eine Persönlichkeit, die jeder zu kennen hatte. Ich hatte natürlich keine Ahnung, ob dem so war, doch das musste Baxter ja nicht wissen. Es reichte, dass er einen Blick zu ihr hinüberwarf, das ausladende Kleid und den teuren Schmuck erkannte und seine eigenen Schlüsse zog. Sein Unterkiefer mahlte, während er angestrengt nachdachte, was am besten zu tun sei.

Er war ein wirklich hartnäckiger Bursche. Seinen Bruder Davis hätte ich schon längst überzeugt gehabt. Aber der war auch ein Taugenichts der ersten Güteklasse.

»Elisa …«, setzte Baxter an, ich ließ ihn jedoch nicht. Denn ich hatte noch ein Ass im Ärmel. Zumindest wenn meine Schwester Mary recht behielt mit ihren Vermutungen. Und das tat sie für gewöhnlich.

»Weißt du, mit wem ich heute früh gesprochen habe?«, unterbrach ich ihn wie aus Versehen. »Harriet Molton«, ließ ich mir den Namen auf der Zunge zergehen und Baxter erstarrte. Mein Lächeln wurde sogar noch breiter, als ich sah, wie er meinem Blick auswich. Mary hatte ja so was von recht gehabt.

»Du glaubst nicht, was sie zu mir gesagt hat«, forderte ich ihn heraus und trat siegessicher einen Schritt auf ihn zu, die Hände locker in die Seiten gestützt.

Ich konnte ihm ansehen, wie es in seinem Kopf arbeitete und wie er sich dazu durchringen musste, den Mund zu öffnen.

»Und was hat sie gesagt?«, fragte er nach einem Augenblick des Schweigens mit rauer Stimme und ich zuckte nur mit den Schultern.

»Du kannst dir doch denken, wie das hier jetzt laufen wird, oder?«, stellte ich ihn vor vollendete Tatsachen und er knurrte leise.

»Du sagst mir, was Harriet gesagt hat, wenn ich deine Freundin reinlasse«, zählte er brav auf, wand sich förmlich zwischen Pflichtgefühl und Neugierde und streckte mir dann die riesige schwielige Hand entgegen. »Gib mir die Zigarren«, grollte er und ich stieß einen leisen Jubelschrei aus. »Und hör auf, so schadenfroh zu sein, Elisa Hemmilton«, ermahnte er mich, nahm mir die Holzschachtel ab und stieg die Stufen nach unten, um den Eingang frei zu machen.

»Ach, Baxter Caravan, du kennst mich doch. Ich kann nicht anders«, sagte ich leichthin und winkte Miss Brandon-Welderson herbei, die sich sogleich in Bewegung setzte.

Wir stellten uns ein Stück weiter an eine der Laternen und Baxter zündete sich eine der Zigarren an, während die Dame in unserem Rücken die Stufen hinaufeilte und durch die Eingangstür des Sterling-Clubs schlüpfte.

»Wehe, du hast mit Harriet nur übers Wetter geredet«, knurrte Baxter, als er den ersten Zug nahm, und blickte mich aus den Augenwinkeln finster an. Das Licht der Laterne verfing sich in seinen dunklen Augen und verlieh seinem bedrohlichen Auftreten den letzten Schliff. Den knallharten Einlasser spielte er wirklich hervorragend.

»Wir haben über dich gesprochen«, eröffnete ich ihm und der düstere Ausdruck in seinem Gesicht war sofort wie weggeblasen.

»Ach wirklich?« Beinahe rutschte ihm die Zigarre zwischen den nervösen Fingern durch.

»Sie ist dabei errötet«, machte ich weiter und nun blieb Baxter wirklich der Mund offen stehen.

»Das erfindest du doch gerade«, beschuldigte er mich im Flüsterton und ich schüttelte den Kopf.

Es war so amüsant, ihm dabei zuzusehen, wie er immer mehr die Fassung verlor und ich mir dafür nicht einmal etwas ausdenken musste.

»Ich schwöre dir, dass es genau so passiert ist«, versicherte ich ihm und legte mir die Hand aufs Herz. Ein kalter Wind ging durch die Straße und die Aufregung der letzten Minuten ließ in mir nach, sodass ich langsam zu frieren begann. »Und falls ich dir einen Tipp geben darf: Sprich sie an, Bax. Sie wartet darauf.« Ich rieb mir die Arme in der dünnen Bluse und fragte mich, wieso ich nicht schon längst zu Hause war, mir von Edith einen Kaffee machen ließ und mich dann neben Mary und den Kindern ins Bett kuschelte.

»Aber … sie hat mich bisher nicht einmal angesehen, wenn ich in der Bäckerei war.« Baxter zog unsicher die Augenbrauen zusammen.

Ich rollte demonstrativ mit den Augen, nahm ihm die Zigarre ab, die nur noch zwischen seinen Fingern baumelte, und zog daran.

»Ja, das ist das Problem mit den Moltons«, seufzte ich und stieß den Rauch in den Nachthimmel. »Viel zu schüchtern.«

Musik und das Summen von Gesprächen drangen an mein Ohr und wir drehten uns beide der Tür zu, die jemand mit Schwung geöffnet hatte.

»Aber natürlich, Mr Montgommery. Oh, entschuldigen Sie, natürlich Professor Montgommery«, verbesserte sich Miss Brendon-Welderson selbst und nickte einem alten Herrn freudig zu, der sie zur Tür geleitete. Das Lächeln auf seinen Lippen war alles andere als echt, doch das schien die Dame nicht im Geringsten zu stören.

»Einen schönen Abend, Miss Brendon-Welderson. Ich höre von Ihnen am Montag«, verabschiedete er sie und sie ließ sich in einen formvollendeten Knicks sinken.

»Ich würde sagen, sie hat ihr Ziel erreicht«, sagte ich zu Baxter, reichte ihm die Zigarre zurück und ging der Dame entgegen, die direkt auf mich zuhielt.

»Oh Miss Hemmilton. Wie wunderbar. Alles ist genau so gekommen, wie Sie es vorhergesehen hatten«, schwärmte sie und legte mir ihre zarte Hand auf den Arm.

Es freute mich für sie, dass sie ihren Willen bekommen hatte, und machte mich gleichsam stolz, ein ausschlaggebender Teil davon gewesen zu sein.

»Wie kann ich Ihnen Ihre Hilfe entlohnen?«, wollte sie wissen und mir fiel sofort etwas ein.

»Sie könnten mich nach Hause fahren«, schlug ich vor und verabschiedete mich bei Baxter mit einem Nicken. Er erwiderte es und bewegte sich zurück an seinen Platz vor der Tür. Doch ich konnte mich des Eindrucks nicht erwehren, dass er dabei die Stufen hinauftanzte.

Ich gähnte verhalten, als ich in die Kutsche kletterte und mich auf die weiche Bank sinken ließ. Was für ein Tag, dachte ich mir und schaute aus dem Fenster auf das nächtliche London, das mich noch schläfriger machte.

»Auf keinen Fall reicht diese Kutschfahrt aus«, quäkte die Stimme von Miss Brendon-Welderson neben mir und riss mich aus meinem Dämmerzustand. »Ich muss Sie für Ihre Vorschläge und Ihre Zeit bezahlen.«

»Das ist nicht nötig, Miss«, wehrte ich ab und lächelte müde. »Ich nehme kein Geld an.« Das Licht der Laternen fiel in immer gleichen Abständen in den Kutschraum und beleuchtete das feine Gesicht meines Gegenübers.

»Und wenn ich Ihnen etwas anderes anbiete?«, versuchte sie es weiter und ich lachte auf.

»Was stellen Sie sich denn vor?« Ich war gespannt, was sie sich ausdenken würde. Welchen Gegenstand sie bei sich trug, den sie mir zu geben gedachte.

»Wie wäre es mit einem Studienplatz?«, sagte sie ganz überraschend und ich blickte sie ungläubig an. »Nun ja, Sie haben bereits bewiesen, dass Sie schlau sind. Und dass Sie Beziehungen zu nutzen wissen. Mit etwas mehr Bildung und den richtigen Leuten an Ihrer Seite könnten Sie Großes erreichen.«

Jetzt war ich wieder wach, starrte die Dame mir gegenüber unverhohlen an und wusste gar nicht, was ich dazu sagen sollte.

»Ich könnte Ihre Gönnerin sein«, legte sie noch einen drauf. »Ihr Leben würde sich grundlegend verändern. Sie könnten bei mir wohnen, mich auf Veranstaltungen begleiten, eine Karriere als Künstlerin oder Schriftstellerin einschlagen. Oder in die Politik gehen, wenn es Sie reizt.«

Mein Herzschlag dröhnte mir so laut in den Ohren, dass ich fürchtete, mir das alles nur einzubilden. Wahrscheinlich war ich eingeschlafen und träumte diese Unterhaltung nur.

Doch was, wenn nicht und die Dame mir gegenüber ihr Angebot wahrhaftig ernst meinte? Mein Leben, wie es bisher war, würde von mir abfallen und alles könnte sich verändern. Das machte mir Angst, genauso wie es mich von einer unbändigen Abenteuerlust erfüllte.

Ich brauchte einen Moment, ehe ich die Sprache wiederfand.

»Müsste ich dann auch Geld bei mir haben?«, war die erste Frage, die mir dazu einfallen wollte, und ich schalt mich selbst für solch eine Geistlosigkeit.

Miss Brendon-Welderson lachte geziert. »Das müssten Sie dann wohl.«

Ich atmete tief durch und fühlte mich so überfordert wie schon lange nicht mehr. »Darüber muss ich nachdenken«, sagte ich.

Und das tat ich auch.

kleine Kostümkunde

Cul de Paris
Tournüre

Meine Mutter plante bereits unsere Garderobe für den heutigen Abend und auch Tante Lillian schien ganz selig zu sein, endlich eine Gesellschaft zu haben, die genauso gern ausging wie sie.
Ich erwähnte, dass ich es in Erwägung zog, nicht mitzukommen, was auch immer sie vorhatten, und sie kicherten, als hätte ich einen Witz gemacht.
Mutter sagte, ich würde mich nicht darum drücken können und Tante Lillian schimpfte mich spielerisch einen Miesepeter.

Lillian Crumb
London

26. August 1891

Meine liebe Lillian,

bitte verzeih, dass ich dir schon so lange nicht mehr geschrieben habe und dass sich auch meine Pläne, dich wieder in London zu besuchen, so lange hinauszögern.

Doch es passiert gerade so viel in meinem Leben, wie das letzte Mal in dem Sommer, in dem Animant von dieser schweren Grippe heimgesucht wurde und Henry sich unglücklicherweise mit den Soyer-Jungs anfreundete.

Aber der Reihe nach.

Wann haben wir uns gesehen, liebste Schwägerin? Zu Henrys Hochzeit? Oh, das fühlt sich an, als sei es bereits eine Ewigkeit her und nicht nur wenige Monate.

Diese Hochzeit war einfach der Inbegriff von Perfektion. Henry sah so stattlich aus und seine liebliche Rachel so entzückend. Der Blumenschmuck und die Rede und all die schönen Kleider. Ich träume noch heute davon.

26. August 1891

Meine liebe Lillian,

bitte verzeih, dass ich dir schon so lange nicht mehr geschrieben habe und dass sich auch meine Pläne, dich wieder in London zu besuchen, so lange hinauszögern.

Doch es passiert gerade so viel in meinem Leben, wie das letzte Mal in dem Sommer, in dem Animant von dieser schweren Grippe heimgesucht wurde und Henry sich unglücklicherweise mit den Soyer-Jungs anfreundete.

Aber der Reihe nach.

Wann haben wir uns gesehen, liebste Schwägerin? Zu Henrys Hochzeit? Oh, das fühlt sich an, als sei es bereits eine Ewigkeit her und nicht nur wenige Monate.

Diese Hochzeit war einfach der Inbegriff von Perfektion. Henry sah so stattlich aus und seine liebliche Rachel so entzückend. Der Blumenschmuck und die Rede und all die schönen Kleider. Ich träume noch heute davon.

Und erst Rachels Familie, welch ausgesprochen freundliche und zuvorkommende Menschen. Was habe ich mich geschämt, früher so schlecht über ihresgleichen gedacht zu haben.

Nur mein Bruder Murrey hat sich benommen wie ein Schwein. Beinahe hätte er dem wundervoll lauen Abend unter Laternen einen Kratzer verpasst.

Du kannst dir gewiss sein, dass ich ihn zu Animants Hochzeit nicht einladen werde, diesen Schwerenöter.

Doch für diese gibt es ohnehin noch keinen Termin. Was nicht an mir liegt, auch wenn meine Tage wirklich zum Bersten gefüllt sind. Ein Streit in der Familie Reed. Wie soll man nur eine Hochzeit ausrichten, wenn die andere Hälfte der Familie sich weigert zu kommen. Unmöglich umzusetzen. Stell dir vor, welch einem Gespött die arme Ani ausgesetzt werden würde. Nein, nein, das kann ich nicht zulassen.

Doch auch wenn ich am Anfang echte Sorge hatte, was den Bibliothekar betraf, muss ich mir leider eingestehen, dass er auch mein Herz erwärmt hat. Erzähle Animant bitte nichts davon, sie würde sich nur wieder einbilden, die Schlauere zu sein, da sie es mir von vornherein gesagt hat.

Wusstest du, dass er unentgeltlich Kinder in den Armenvierteln in Lesen und Rechnen unterrichtet? Und auch noch so bescheiden. Auch wenn seine Aussagen oft roh anmuten und jeglicher Höflichkeit zu entbehren scheinen, ist er doch von einem wachen Geist und erstaunlich weltoffen. Er besticht mit seinem Intellekt und es gelingt ihm sogar, dass es selbst Ani die Sprache verschlägt. Ich weiß, ich sollte mich darüber nicht amüsieren, aber die Schadenfreude kann ich mir einfach nicht nehmen lassen.

Doch wenn die beiden sich unbeobachtet wähnen, werden ihre ironischen Töne ganz milde und zu weichem lieblichen Geplänkel und leisem Lachen. Meine Zweifel, ob er sie wirklich liebt, sind zerstreut, selbst wenn er sie volle drei Monate hat warten lassen; die ich ihm wirklich nur schwer vergeben konnte. Aber nun sind seine und auch ihre Augen voll tiefer Zuneigung füreinander und es ist der schönste Anblick, den sich eine Mutter für ihre Kinder nur wünschen kann.

Nur eine Sache kann ich ganz und gar nicht verstehen. Hast du gewusst, dass Animant daran denkt, ein Geschäft zu eröffnen? Jemand aus ihrem Stand und dann auch noch als Frau. Ich bin schockiert!

Hat sie dir davon erzählt? Mir schrieb sie diese Woche davon und ich hoffe inständig, dass es sich dabei um einen Scherz handelt, den sie mit ihrer Mutter treibt.

Und dass ihr Verlobter sie darin auch noch unterstützt und ihr nicht von solch einem wahnsinnigen Vorhaben abrät, entbehrt für mich jeder Vernunft. Er hat durchaus viele revolutionäre Gedanken, aber das muss doch einen Schritt zu weit gehen. Eine arbeitende Frau, schön und gut. Aber die Besitzerin einer Buchhandlung?

Ich habe sie gebeten, dies noch einmal zu überdenken, doch ich bitte dich, ebenfalls mit ihr zu reden. Denn auf mich hört sie ja nicht.

Aber nun zu einem erfreulicheren Thema, bevor ich wieder völlig in Rage gerate.

Denn ich habe auch meine eigene Neuigkeit.

Du weißt, wie sehr ich mich gelangweilt habe in den letzten Jahren. Ich konnte es mir nur nicht eingestehen. Doch Animant, das verrückte Ding, hatte auch eine ganz wundervolle Idee, die ich zuerst mit großer Skepsis beäugte: ein Ehrenamt.

Sie sagte mir, dass viele edle Frauen sich ein solches suchen, wenn die Wohltätigkeit sie packt. Oder die Langeweile.

Und ich ließ es mir durch den Kopf gehen, war aber weiterhin unentschlossen, bis ich bei meiner letzten Fahrt nach Bath Mrs Glenwood begegnete. Eine alte Freundin von dir, wie sich herausstellte. Welche Zufälle es doch gibt.

Sie kaufte bei Miss Hill hinter der Bath Street fünfundsechzig Yard von einem groben gedeckten Wollstoff. Was sie mit all den Unmengen denn wolle, habe ich sie gefragt und sie sagte: Ich lasse daraus Röcke für meine Waisenmädchen schneidern.

Hast du das gewusst? Sechzehn Mädchen werden in dem Haus betreut, das Mrs Glenwood unterstützt. Sie spendet Geld und Güter, kommt mehrmals in der Woche zu Besuch und liest sogar Gutenachtgeschichten vor.

Ob ich mir das auch schon überlege, fragte sie mich, da ich wohl zu genau nachfragte, und erzählte mir von einem Frauenhaus, das ganz dringend einer Gönnerin bedürfe.

Nun ja, was soll ich sagen. Sechzehn junge Frauen erfreuen sich nun eines Daches über dem Kopf. Zwei von ihnen konnte ich sogar schon erfolgreich verkuppeln, sodass sie bald meine Hilfe nicht mehr in Anspruch nehmen müssen.

Welche Verschwendung, mir jahrelang die Zähne an meiner undankbaren Tochter auszubeißen, um eine gute Partie für sie zu arrangieren, wenn es da draußen so viele andere junge Mädchen gibt, die nur eine kundige Hand und ein liebevolles Herz benötigen, um aufzublühen.

Doch es tut nicht nur mir gut, sondern auch meiner Ehe. Früher habe ich nur dagesessen und darauf gewartet, dass Charles wieder heimkam. Jetzt sitzt er da und wartet auf mich, umwirbt mich, versucht meine freie Zeit für sich zu beanspruchen. Ich bin wieder ganz verliebt, Lillian. Wer hätte gedacht, dass ich mich in meinem Alter noch einmal so jung fühlen würde.

Ich wünschte, Ani würde sich an ihren eigenen Ratschlag halten und sich selbst ein Ehrenamt suchen, anstatt dieser verrückten Idee einer Buchhandlung hinterherzulaufen.

Rede mit ihr, bitte, Lillian. Das würde mir viel bedeuten.

Deine dir verbundene

Charlotte

Charles und Charlotte Crumb

Mit Eltern hat man es nicht leicht. Vor allem nicht, wenn man gerade selbst herausfindet, was man will.

Charlotte Crumb nervt ihre Tochter mit all den Hochzeitsdingen zu Tode und Charles hat seine ganz eigene Art, die Welt zu sehen, was Henry seine Liebe nicht gerade einfach macht.

Doch die beiden sind vor allem Eltern, die das Beste für ihre Kinder wollen.

Auch wenn es lange nicht leicht für Animant ist, das zu erkennen. Natürlich ist ihre Mutter anstrengend, das eigentliche Problem ist aber, dass Animant nicht mit ihr redet.

Immer weicht sie aus, hält ihre Mutter für nicht verständig genug und weiß ihre Fürsorge nicht zu schätzen. Ach, das Los einer jeden Mutter. *hahaha*

Trotzdem sind die beiden auch Vorbilder für ihre Kinder.

Als ich sie erdachte, fiel mir ernsthaft nicht auf, dass sie quasi den gleichen Namen haben. Erst als eine Leserin mich darauf aufmerksam machte, war das Gelächter groß. Welch ein seltsamer Zufall!

Doch wieso nicht. Es gibt schließlich alles.

Leseplan November

Animant Crumbs Staubchronik spielt in einem November. Die Luft ist kalt, der Winter nahe und das Wetter wechselhaft grau.

Wir erleben mit Animant zusammen Tag für Tag des Monats, den sie in London lebt und arbeitet, und so ist es möglich, das Buch durch den November hinweg mitzulesen.

Begonnen wird am ersten Freitag des Monats. Zu Anfang durchschreitet man mehrere Tage und landet dann im zweiten Kapitel an einem Sonntag zusammen mit Animant in London, im Haus ihres Onkels. Am Montag begegnet man Mr Reed und so weiter. Einen Monat lang.

Ihr dürft es gern ausprobieren.

Datum	Wochentag	Seiten	Kapitel
	Freitag	5 – 7	Prolog
	Samstag	8 – 20	1
	Sonntag	21 – 35	2
Anis erste Woche			
	Montag	36 – 58	3 + 4
	Dienstag	59 – 84	5 + 6
	Mittwoch	85 – 96 oben	7 + 8
	Donnerstag	96 – 103 oben	8 + 9
	Freitag	103 – 111	9
	Samstag	112 – 135	10 + 11 + 12
Anis zweite Woche			
	Montag	136 – 147	13 + 14
	Dienstag	148 – 175 Mitte	14 + 15 + 16
	Mittwoch	175 – 201 unten	16 + 17 + 18
	Donnerstag	201 – 211 Mitte	18 + 19
	Freitag	211 – 219 Mitte	19 + 20
	Samstag	219 – 251	20 + 21 + 22 + 23
	Sonntag	252 – 258	24

Anis dritte Woche			
	Montag	259 – 287 Mitte	25 + 26 + 27
	Dienstag	287 – 300 Mitte	27 + 28
	Mittwoch	300 – 307	28
	Donnerstag	208 – 363	29 + 30 + 31 + 32
	Freitag	364 – 387	33
	Samstag	388 – 406	34 + 35
	Sonntag	407 – 429	36 + 37 + 38 + 39
Anis vierte Woche			
	Montag	430 – 454	39 + 40 + 41
	Dienstag	455 – 502 oben	42 + 43 + 44 + 45
	Mittwoch	502 – 521 Mitte	45 + 46
	Donnerstag	521 – 533	46
		534 – 552	47

»Und ich habe beschlossen, sie als Ihre neue Assistentin einzustellen«, rief Onkel Alfred ein bisschen zu laut für diese geweihten Hallen.
Sein Blick lag ganz auf Mr Reeds Zügen, dessen Gesichtsfarbe sich von normal zu ungesund blass wandelte, nur um Sekunden später in wutrot umzuschlagen.
»Auf. Ein. Wort!«, zischte Mr Reed ihm verbissen zu, drehte sich auf dem Absatz um und marschierte wie ein Feldmarschall auf die Treppe zu.
Auf Onkel Alfreds Lippen erschien ein diabolisches Grinsen.

Bibliothekar
J. Reed
Royal University
Library

21. September 1891

Sehr geehrter Mr Reed,

sicher ist Ihnen bereits bekannt, dass meine Nichte, Miss Crumb, die Arbeit als Bibliothekarsassistentin bei Ihnen kündigt, da sie sich die irrsinnige Idee in den Kopf gesetzt hat, eine Buchhandlung zu eröffnen.

Nach einer langen Unterredung mit ihr sind wir übereingekommen, die Stelle des Bibliothekarsassistenten als zwei Stellen auszuschreiben. Meine Nichte war der Meinung, es fiele zu viel Arbeit an, um in Zukunft nur eine Person damit zu belasten, und dass dies der Grund für die vielen Kündigungen der Vergangenheit wäre.

Ich sehe diesen Fehler allerdings weiterhin noch bei Ihnen, Mr Reed. Was ebenfalls für eine Doppelbelegung spricht, da sich die armen Herren besser gegen Ihre Unarten behaupten können, wenn sie zu zweit sind.

Ihre Namen sind Mr Danny Brown, abgeschlossenes Literaturstudium, und Mr Hans Stern, abgeschlossenes Verwaltungsstudium. Sie treten ab dem 01. Oktober ihren Dienst an.

21. September 1891

Sehr geehrter Mr Reed,

sicher ist Ihnen bereits bekannt, dass meine Nichte, Miss Crumb, die Arbeit als Bibliothekarsassistentin bei Ihnen kündigt, da sie sich die irrsinnige Idee in den Kopf gesetzt hat, eine Buchhandlung zu eröffnen.

Nach einer langen Unterredung mit ihr sind wir übereingekommen, die Stelle des Bibliothekarsassistenten als zwei Stellen auszuschreiben. Meine Nichte war der Meinung, es fiele zu viel Arbeit an, um in Zukunft nur eine Person damit zu belasten, und dass dies der Grund für die vielen Kündigungen der Vergangenheit wäre.

Ich sehe diesen Fehler allerdings weiterhin noch bei Ihnen, Mr Reed. Was ebenfalls für eine Doppelbelegung spricht, da sich die armen Herren besser gegen Ihre Unarten behaupten können, wenn sie zu zweit sind.

Ihre Namen sind Mr Danny Brown, abgeschlossenes Literaturstudium, und Mr Hans Stern, abgeschlossenes Verwaltungsstudium. Sie treten ab dem 01. Oktober ihren Dienst an.

Sie wurden von Miss Crumb persönlich ausgewählt. Sollten Sie also Beschwerden haben oder sie nach kürzester Zeit ihres Jobs entheben, wie Sie es so gern zu tun pflegen, setzen Sie sich mit meiner Nichte, Ihrer Verlobten, in Verbindung. Sie wird Ihnen gern mitteilen, wieso Sie das nicht tun sollten.

Miss Crumb hat zudem vorgeschlagen, ihren Dienst noch um eine Woche zu verlängern, um die besagten Herren selbst einzuarbeiten und Ihnen dadurch weniger Umstände zu machen. So ist der reibungslose Übergang gewährleistet.

Ich bin mir durchaus im Klaren, dass meine Meinung Sie wenig kümmert, aber ich ergreife trotzdem die Gelegenheit, Ihnen zu schreiben, dass ich die Wahl meiner Nichte bezüglich Ihnen nicht im Geringsten nachvollziehen kann. Sie ist schlau, stolz, wunderschön und von einer gesellschaftlichen Gewandtheit, an die Sie niemals heranreichen werden. Sie sind ihrer nicht wert und ich rate Ihnen, sie glücklich zu machen, sonst werde ich persönlich für Ihren Untergang sorgen.

Hochachtungsvoll

Alfred Crumb
Universitätsleitung, Personalwesen

MONASTIC
Castle

Alfred und Lillian Crumb

Natürlich konnte Animant unmöglich allein nach London reisen. Es war nur logisch, dass sie zu Verwandten gehen musste. Onkel Alfred war von der ersten Seite an Teil der Geschichte und ich liebe ihn sehr. Er ist der Onkel mit den unglaublichen Geschichten aus aller Welt, der an Weihnachten die ausgefallensten Sachen mitbringt und der einem heimlich vor dem Essen Bonbons zusteckt.

Ohne seinen Besuch wäre Animant wohl nie von ihrem Dachboden gekommen.

Da mir schon immer die Vorstellung von einem großen, bärigen Mann, mit seiner kleinen, zarten Frau gefiel, brauchte Alfred Crumb ein fröhliches Gegenstück.

Seine Frau Lillian war trotzdem wieder so ein Überraschungscharakter, den ich selbst erst mit dem Schreiben kennengelernt habe. Sie entwickelte sich während des Schreibens von Alfreds Anhängsel zu einer großen Unterstützung für Animant. Sie ist die Vertrauensperson, an die sie sich wenden kann, als sie im Streit mit ihrer Mutter ist, und die ihr das Selbstvertrauen gibt, an ihren eigenen Überzeugungen festzuhalten.

Facts and Fiction

Vierzehn Kilometer weit hört man die Glocken des Uhrturms am *Palace of Westminster* in London. Denn Big Ben ist nicht etwa der Turm, sondern eine der Glocken.

Das habe ich rausgefunden, als ich mir überlegt habe, ob Animant die Klänge wohl in der Bibliothek hören kann.

Man sollte aber dazu wissen, dass es die in meinem Buch beschriebene Bibliothek in Wirklichkeit nicht gibt. Sie ist eine Mischung aus der Nationalbibliothek in Wien und der Bibliothek der Universität Oxford.

Auch die *Royal University of London*, für die Anis Onkel Alfred arbeitet, existiert nicht.

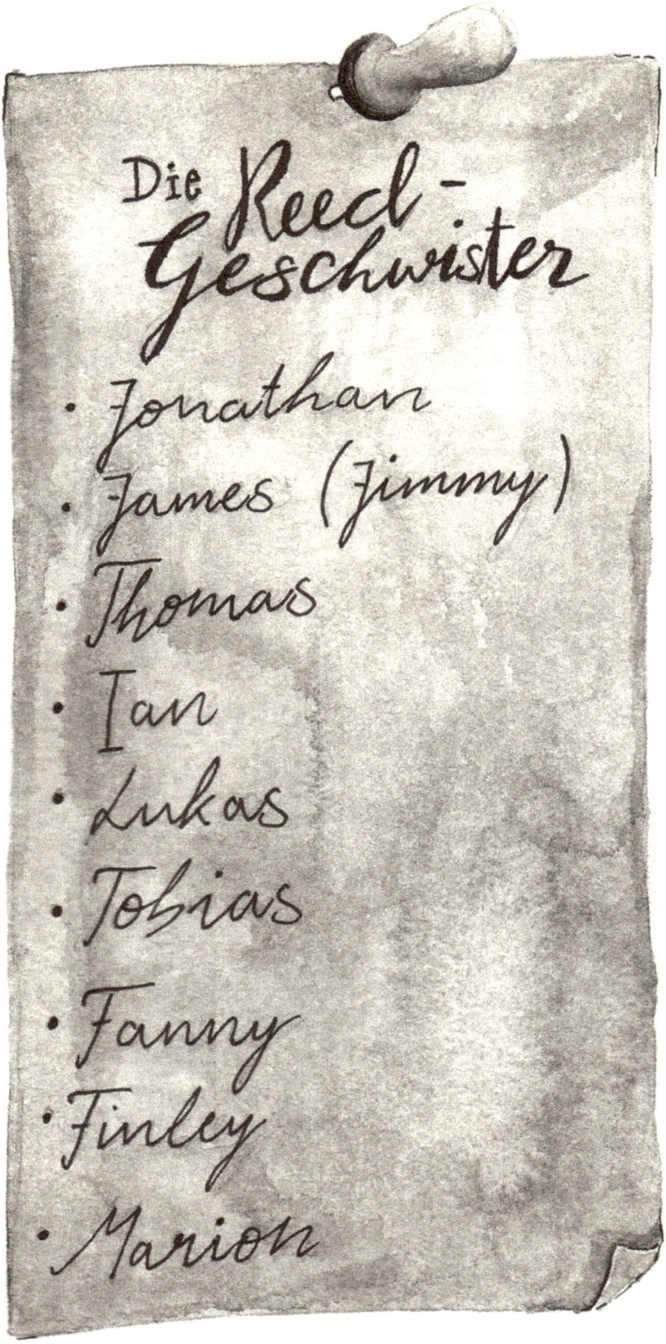
Die Reed-
Geschwister
• Jonathan
• James (Jimmy)
• Thomas
• Ian
• Lukas
• Tobias
• Fanny
• Finley
• Marion

Weihnachten 1891

oder
wie Mr Reed und ich uns die Hände schmutzig machten

1

Angespannt starrte ich auf die Seiten des Buches in meinen kalten Fingern und gab vor zu lesen, auch wenn ich absolut keine Konzentration aufbringen konnte. Dafür war ich einfach viel zu sehr in Rage und hätte nichts lieber getan, als wutschnaubend irgendwo Bücher dem Alphabet nach zu ordnen. Doch ich war zur Untätigkeit gezwungen und saß frierend in einer Kutsche, die über eine karge Landstraße ratterte.

Die Tasche mit den Büchern, die ich mir gepackt hatte, rutschte gegen mein Bein, als die Kutsche über ein Schlagloch hoppelte. Es waren viel zu viele Bücher für die wenigen Tage, die wir verreisten, und doch hatte ich das Gefühl gehabt, keines davon in London lassen zu können. Was nicht zuletzt daran lag, dass Thomas Reed versucht hatte, mir die meisten davon auszureden.

Zu wenig Platz in der Kutsche, hatte er behauptet und selbst einen Stapel Bücher mitgenommen. Unerhört! Wenn wir uns wenigstens auf ein paar gemeinsame hätten einigen können, aber nein, der Herr hatte ja darauf bestanden, dass Lyrik den Vorrang vor gehaltvoller Sachliteratur haben musste.

»Du kannst doch nicht an Weihnachten über den österreichischen Erbfolgekrieg der Habsburger lesen wollen«, hatte er behauptet und ich nur mit den Augen gerollt.

»Maria Theresia ist eine durchaus interessante Frau, egal zu welcher Jahreszeit«, hielt ich dagegen und beging den Fehler, ein schlechtes Wort über Shakespeare zu verlieren.

Und hier waren wir nun.

Ohne das Kinn zu heben, schielte ich zu meinem Gegenüber. Thomas saß auf seiner Seite der Kutsche, ebenfalls eine Tasche mit Büchern neben sich, die nicht mehr auf das Gepäckfach auf dem Dach gepasst hatte, und blätterte gerade eine Seite in seinem Buch um.

Doch ich sah ihm sofort an, dass auch ihm der echte Wille zum Lesen fehlte. Sein Blick fuhr viel zu langsam die Zeilen entlang und er blinzelte immer wieder, wenn er einen Satz noch einmal lesen musste, um ihn zu behalten. Ich kannte jede Bewegung seines Gesichtes, deutete jedes Zucken, da es für mich kaum einen schöneren Anblick gab, als Thomas Reed beim Lesen zu beobachten. Was er entweder ignorierte oder mit so vielsagenden Blicken konterte, dass es mir die Röte in die Wangen trieb.

Doch heute war es anders, denn die bösen Worte, die wir in der Hitze des Streites von uns gegeben hatten, hingen schwer zwischen uns in der Kutsche und vergifteten mir das Gemüt.

Thomas seufzte laut auf und senkte den Gedichtband. Sein Blick wanderte angespannt über den Rand seiner Lesebrille, die ihm auf der Nase nach unten gerutscht war.

»Wollen wir uns jetzt anschweigen, bis wir da sind? Wird das die Strategie der nächsten Tage sein?«, fragte er mich mürrisch, als wäre alles meine Schuld, und ich ließ das Buch in meinen Händen geräuschvoll zuschnappen.

»Sag du es mir. Ich bin nicht diejenige von uns beiden, die seit Wochen so angriffslustig ist wie ein Schwarm Wespen«, erwiderte ich und besann mich trotz scharfen Tons darauf, die Stimme nicht unnötig zu erheben. Einerseits wollte ich nicht streiten, andererseits konnte ich seine Angriffslust nicht unkommentiert lassen.

»Wenn dir meine Launen nicht passen, hättest du meinen Antrag vielleicht besser nicht angenommen und dich doch den Avancen des freundlichen Mr Boyle zuwenden sollen«, schnaubte er genervt und ich hob spöttisch die Augenbrauen.

»Mach dich nicht lächerlich, Thomas Reed. Du weißt ganz genau, dass ich dich gerade wegen deiner Launen liebe«, sagte ich schnippisch und wandte den Blick ab, damit er mir nicht ansah, dass ich diesen Satz nicht aussprechen konnte, ohne dass mein Ärger sich auflöste wie Dämmerungsdunst in der Morgensonne.

Ein Moment des Schweigens breitete sich zwischen uns aus und ich versuchte, meine Gedanken weg von unserem Streit und nach draußen auf die Landschaft zu lenken.

Leider war nicht allzu viel zu entdecken. Vereinzelte kahle Bäume, brachliegende Felder und frostige Kälte. Der Himmel war von dunklen Wolken verhangen, die nicht preisgeben wollten, wie nah der Abend schon war, und der Wind, der immer heftiger anschwoll, brachte die Kutsche zum Schaukeln.

»Ich vermisse dich.« Thomas' Stimme war so leise, dass ich mir nicht sicher war, ob er es wirklich gesagt hatte oder es nur meiner Fantasie im Heulen des Windes entsprang.

»Wie bitte?«, fragte ich, sah ihn an und war mir plötzlich ganz sicher, dass er es gesagt hatte. Das Tageslicht schwand rasend schnell und doch konnte ich den wehmütigen Ausdruck in seinen dunklen Augen sehen.

Er atmete tief durch, ließ sich nach hinten in die Polsterung der Sitzbank sinken und drehte das Buch in den unruhigen Fingern.

»Als du noch für mich gearbeitet hast, habe ich dich wenigstens in der Bibliothek gesehen. Doch jetzt bist du ständig beschäftigt, triffst dich mit irgendwelchen Gönnern und Universitätsräten. Wälzt Buchkataloge und schreibst Briefe. Nie bekomme ich dich länger als eine Stunde zu Gesicht«, warf er mir vor und ich schüttelte gespielt gelassen den Kopf.

Seit ich mit den Vorbereitungen für meine Frauenbuchhandlung begonnen hatte, blieb mir kaum ein Augenblick zum Verschnaufen, geschweige denn zum Schlafen oder Essen. Letzteres traf mich besonders hart.

Die Welt legte mir einen Stein nach dem anderen in den Weg, allein aus dem Grund, dass ich eine Frau war. Was mich jedoch bloß zusätzlich in meinem Entschluss bestärkte, nicht nachzugeben, auch wenn es sehr viel Ehrgeiz und Zeit erforderte.

Dass mein Verlobter genau so viel arbeitete wie ich und wir uns ständig verpassten, hatte zur Folge, dass wir uns seltener sahen, als uns lieb war.

»So ist das nun mal, wenn man sein eigenes Geschäft aufzieht«, tat ich es jedoch ab, um jetzt nicht darüber nachdenken zu müssen. Ich hatte mir fest vorgenommen, die Feiertage zu genießen und nicht das geringste bisschen für die Arbeit zu tun. »Aber ich habe dir schon etliche Male gesagt, dass du gern zum Abendessen ins Haus meines Onkels kommen kannst«, fügte ich hinzu und Thomas schnaubte laut.

»Dein Onkel hasst mich!« Er verschränkte abwehrend die Arme vor der Brust.

»Und das kümmert dich?«, reizte ich ihn absichtlich, weil er schon so oft betont hatte, dass er auf Onkel Alfreds Meinung nichts gab. Ich konnte mir nicht erklären, wieso die beiden sich so spinnefeind waren, aber gelegentlich konnte dies äußerst amüsant sein. Für mich und Tante Lillian zumindest.

Sein Blick hielt meinem trotzig stand. »Nein. Aber angenehm ist es auch nicht. Vor allem nicht, weil er mich nicht eine Sekunde aus den Augen lässt. Als fürchtete er, ich könnte dich heimtückisch überfallen, wenn er mich nicht überwacht«, beschwerte er sich und ich rollte mit den Augen.

»Wären wir verheiratet, würde er das nicht mehr tun«, belehrte ich ihn und legte das Buch in meinen Händen auf meinem Schoß ab. »Vor allem, weil wir die Abende dann vor dem Kamin lesend in unserem eigenen Wohnzimmer verbringen würden«, setzte ich noch einen drauf, um ihm das eigentliche Problem aufzuzeigen, und bedachte ihn mit einem strengen Blick.

»Es ist nicht meine Schuld, dass wir es noch nicht sind«, fuhr Thomas aus der Haut und zeigte anklagend mit dem Finger auf mich. »Das liegt alles an deiner verrückten Mutter und ihren völlig abgehobenen Vorstellungen von Perfektion«, wetterte er und ich schnappte empört nach Luft.

»Es ist nicht abgehoben, zu erwarten, dass deine Familie bei unserer Hochzeit anwesend ist. Es wäre ein Skandal, auf den man für immer zurückblicken würde.«

»Und das kümmert dich?«, erwiderte er mit meinen Worten, da ich meinerseits immer wieder betonte, die Sitten der Reichen gern hinter mir lassen zu wollen.

»Nein, mich nicht«, sagte ich bissig und spürte meinen Stolz aufflammen. »Aber meine Mutter würde es zu Tode betrüben und ich schätze sie zu sehr, um ihr das anzutun.«

»Also ist es doch meine Schuld?«, schlussfolgerte er empört, als wäre es völlig abwegig, obwohl es so offensichtlich auf der Hand lag.

»Thomas Reed. Es ist nicht zu viel verlangt, ein ruhiges Gespräch mit seinem Vater zu führen, in dem man wenigstens versucht, mit den Vorurteilen aufzuräumen, die ihr beide euch entgegenbringt«, fuhr ich ihn an.

»Woher willst du wissen, dass es nur Vorurteile sind?«, blaffte er abwehrend, als könnte ich davon keine Ahnung haben, und ich richtete mich kerzengerade auf.

»Ich weiß es von deinen Schwestern«, warf ich ihm an den Kopf und sah mit Genugtuung, wie sein so überheblicher Gesichtsausdruck in sich zusammenfiel. »Ich habe ihnen geschrieben«, verkündete ich triumphierend und Thomas' Augen verengten sich zu Schlitzen.

»Wann?«, wollte er mit Grollen in der Stimme wissen und die Wut, die mir entgegenschlug, war heftiger, als ich es erwartet hätte. Meine Selbstsicherheit geriet ins Wanken.

»Im Sommer das erste Mal«, brachte ich heraus und musste mich um einen festen Ton bemühen.

Er machte ein noch fassungsloseres Gesicht.

»Du wolltest nicht mit mir darüber reden. Wie hätte ich sonst Klarheit darüber bekommen können?«, verteidigte ich mich vehement und warf hilflos die Hände in die Luft.

»Überhaupt nicht, Animant. Du bist das neugierigste Ding, das der britische Adel je hervorgebracht hat«, schimpfte er lauthals und ich verdrehte nur die Augen. Denn schließlich war das nichts Neues. Er konnte mir nicht erzählen, nicht vorher gewusst zu haben, auf was er sich einließ, wenn er meine angeborene Neugierde nicht befriedigte.

»Ist das ein Komplott?«, zischte er scharf und ein Windstoß brachte die Kutsche ein weiteres Mal zum Schaukeln.

»Thomas …«, setzte ich mit beschwichtigendem Tonfall an, doch er unterbrach mich.

»War es wirklich die Idee meiner Mutter, uns zu Weihnachten einzuladen, oder hast du da deine Finger im Spiel gehabt?«, wollte er streng wissen und für einen winzigen Moment blitzte etwas in seinen Zügen auf, eine Empfindung, die über sein Gesicht huschte wie ein Schatten.

Falls es die Angst war, seine Mutter würde sich nicht freuen, ihn zu sehen, wäre es eine irrationale. Denn seine Mutter wünschte sich nichts sehnlicher, als ihn wieder zu Hause zu wissen. Das hatte sie mir in unzähligen Zeilen geschrieben.

Ich spielte mit dem Gedanken, Thomas zu belügen, einfach zu behaupten, dass es allein ihr Wunsch gewesen war, der uns nun in dieser Kutsche sitzen ließ, nur damit er sich besser fühlte.

Doch ich fürchtete mich davor, wie er reagieren würde, sollte er diese Lüge aufdecken, denn das würde er. Thomas Reed hatte einen Sinn dafür, zu erspüren, wenn ich ihn mit Halbwahrheiten abzuspeisen versuchte. Und dann würde er bohren, bis er die Wahrheit aus mir herausholte.

Eigentlich war er nicht besser als ich, was Geheimnisse anderer betraf, nur dass unsere Methoden sich unterschieden.

»Nur weil es möglicherweise die Idee eines anderen gewesen ist, bedeutet das nicht, dass sie es sich nicht gewünscht hat«, versicherte ich ihm und sah dabei zu, wie er explodierte. Wütend schlug er sein Buch zu und warf es geradezu in die Tasche neben sich.

»Das ist nicht dein Ernst!«, rief er dabei fassungslos und raufte sich genervt die Haare. »Du machst mich wahnsinnig!«

Seine Worte trafen mich, doch ich bemühte mich, ihn weiterhin anzusehen, mich nicht dem Ärger hinzugeben, der so dicht unter der Oberfläche köchelte. »Ich habe ihr lediglich mitgeteilt, dass ich mein Möglichstes tun würde, dich zu diesem Besuch zu bewegen, und …«, verteidigte ich mich und er riss die Augen nur noch weiter auf.

»Mit meiner Mutter schreibst du also auch?«, zischte er anklagend und ich schloss kurz die Augen, um nicht ebenfalls in einen aufbrausenden Ton zu verfallen.

»Wenn dir meine Interventionen zu deinem Lebensglück nicht passen, hättest du mir den Antrag vielleicht lieber nicht machen sollen«, drehte ich ihm seine Worte um und schenkte ihm einen so stechenden Blick, dass ich ihm ansehen konnte, dass er sich überlegte, ob er tatsächlich etwas darauf antworten wollte.

In diesem Moment kam die Kutsche abrupt zum Stehen.

Mir rutschte das Buch vom Schoß, als ich versuchte, durch den heftigen Ruck nicht nach vorn geworfen zu werden und dabei meine Hände an die Wände der Kutsche presste.

Thomas, den Schreck im Gesicht, hatte die Arme nach mir ausgestreckt, um mich wenn nötig aufzufangen, und obwohl ich wirklich wütend auf ihn war, musste ich mir bei dieser ritterlichen Geste doch ein kleines Lächeln verkneifen.

»Wir sind da, die Herrschaften«, rief der Kutscher und mein Blick ging sofort aus dem Fenster.

Draußen konnte ich einen großen Hof und ein steinernes graues Gebäude erkennen, das sich dunkel von der schneebedeckten Landschaft abhob. Die Fenster dagegen waren hell erleuchtet, geschmückt mit Tannengrün und flackernden Kerzenlichtern.

Über der Tür konnte man nur mit Mühe die schwarzen Lettern auf dem weißen Schild erkennen, das halb unter Schnee verdeckt war. Fleischerei Reed stand dort geschrieben und ich wurde von einer wilden Aufregung gepackt, die mir bis in die eiskalten Fingerspitzen prickelte.

Thomas atmete hörbar ein und wieder aus, beugte sich nach unten und hob das Buch auf, das ich schon wieder vergessen hatte. Er reichte es mir und unsere Blicke trafen sich in der Dunkelheit, die mittlerweile im Kutschraum herrschte.

Selbst so konnte ich sofort erkennen, dass sich seine Gemütslage verändert hatte. Wo er gerade noch wütend auf mich und meine Neugierde gewesen war, sah ich nun eine Unsicherheit, die er nur selten durchblicken ließ.

Es war Jahre her, seit er das letzte Mal hier im Haus seiner Eltern gewesen war. Seit jenem Streit mit seinem Vater, der ihn anschließend rausgeworfen hatte.

Ich hatte angenommen, dass es sein Stolz war, der ihn dazu veranlasste, diesem Ort fernzubleiben. Doch anscheinend war da noch mehr; Angst, wieder abgelehnt zu werden, die ich einem so selbstbewussten Mann wie ihm abgesprochen hatte.

Langsam nahm ich ihm das Buch ab, streifte dabei leicht seinen Handrücken, der im Gegensatz zu meinen Eisfingern eine überraschende Wärme ausstrahlte, und wünschte mir, wir hätten die Zeit, die wir gemeinsam in der Kutsche verbracht hatten, nicht mit Streiten vergeudet.

Thomas öffnete den Mund, um etwas zu sagen, doch ich schüttelte den Kopf und kam ihm zuvor.

»Ich bin bei dir«, sagte ich schlicht, beugte mich nach vorne und drückte meinem Verlobten einen flüchtigen Kuss auf die Wange. In meinem Magen erhob sich sogleich ein verliebtes Summen, das mich jedes Mal umso stärker überfiel, wenn wir beide uns näherkamen. Was der Schicklichkeit wegen viel zu selten vorkam.

Noch ein Grund, endlich verheiratet zu sein.

Thomas öffnete die Tür, bevor es Mr Smith, der Kutscher meines Onkels, für uns tun konnte, und reichte mir die Hand zum Aussteigen. Der Wind pfiff so eisig über den Hof, dass ich sofort zu zittern begann und mich fragte, wieso ich die Handschuhe nicht wieder angezogen hatte.

»Soll ich Sie nicht vorher ankündigen?«, rief Mr Smith über den beginnenden Sturm hinweg.

Thomas winkte ab. »Bloß nicht!«, gab er zurück. »Helfen Sie uns lieber mit dem Gepäck. Sonst schaffen Sie es womöglich nicht mehr in die Stadt zurück, bevor es zu schneien beginnt.« Eng drängte ich mich an seine Seite, um mich in seinem Windschatten zu verstecken. Kalte Luft trieb in meine Röcke, blies mir beinahe den Hut vom Kopf und die Luft roch nach Schnee.

»Ach, machen Sie sich um mich keine Gedanken, Sir«, erwiderte Mr Smith bescheiden, drehte sich jedoch sofort auf dem Kutschbock nach hinten, um die Gurte vom Dach zu lösen.

Während Thomas die Gepäckstücke entgegennahm und auf dem Boden abstellte, kletterte ich zurück in die Kutsche, verschloss sorgfältig die Büchertaschen und hievte sie aus dem Wageninneren.

Was hatten wir uns nur dabei gedacht, so viele Bücher mitzunehmen?

Schwankend trat ich die Stufen wieder hinunter auf den glatten Stein des Hofes und geriet sogleich ins Rutschen. Ich stieß einen ersticken Schrei aus, versuchte verzweifelt mein Gleichgewicht zu halten und der Schreck zuckte mir brennend heiß durch die Glieder. Eine starke Hand umschloss meinen Arm, schob mich auf die Füße zurück und hielt mich aufrecht.

Gerade wollte ich Thomas ein dankbares Lächeln zuwerfen, da blickte ich in das Gesicht eines anderen. Irritiert blinzelte ich zu dem Mann auf, den ich im Halbdunkel erst jetzt erkannte.

»Willkommen, Miss Crumb«, begrüßte mich Jonathan Reed, Thomas' ältester Bruder, und ich brauchte einen Moment, um meine Fassung wiederzuerlangen und meinen Herzschlag zu beruhigen.

»Ich nehme Ihnen das ab«, sagte er, bevor ich etwas erwidern konnte, und griff nach den beiden Büchertaschen. Er schnaufte überrascht, als ich losließ und das ganze Gewicht an seinen Armen hing.

»Was ist denn da drin? Steine?«, wollte er scherzhaft wissen und ich zuckte zitternd mit den Schultern.

»Bücher«, gab ich unschuldig lächelnd zurück und Jonathan lachte auf.

»Was habe ich mir auch dabei gedacht, zu fragen.«

»Das weiß ich allerdings auch nicht«, schnaubte Thomas, der seinem Bruder einen strengen Blick zuwarf und sich von Mr Smith eine letzte Schachtel vom Dach der Kutsche reichen ließ.

»In vier Tagen hole ich Sie wieder ab. Auf Wiedersehen, die Herrschaften«, verabschiedete sich Mr Smith von uns, deutete eine Verbeugung an und nahm die Zügel wieder auf. Die Pferde setzten sich in Bewegung, trotteten über den großen Hof und zogen die Kutsche zurück zur Straße.

Ungehindert blies der Wind uns schneidend kalte Luft entgegen, pfiff um die Gebäude und die kahlen Birken und trieb uns dazu, die Koffer, Taschen und Schachteln zum Haus zu tragen.

Eiligen Schrittes führte Thomas mich zu der von einem mit Schnee bedeckten Vordach geschützten Haustür, die ein gebundener Kranz zierte. Jonathan drückte die Klinke mit dem Ellenbogen herunter und ließ uns in den hellen warmen Flur treten.

»Thommy, da bist du ja endlich!«, lachte eine dunkle Stimme und ich musste erst die beiden Schachteln auf einer Kommode abstellen, ehe ich den Mann vor uns betrachten konnte. Es war Lucas, der ein breites Grinsen in seinem runden Gesicht trug.

»Oh, und die Lady«, fügte er fröhlich hinzu, als er mich hinter Thomas erblickte. »Willkommen im Hause Reed, Miss Crumb.«

»Danke. Animant reicht völlig«, bot ich ihm und auch Jonathan an und nickte beiden höflich zu, ein Lächeln auf den Lippen.

Es war nicht lange her, seit ich die Reed-Brüder das letzte Mal gesehen hatte, wenn auch nur flüchtig, als sie letzten Monat in der Stadt gewesen waren, um Thomas zu ihrem monatlichen Treffen im Fingerhut zu entführen. Ich war nur einmal bei dieser Runde dabei gewesen und hütete mich davor, es jemals wieder zu tun.

Thomas und sein älterer Bruder gingen noch einmal nach draußen, um die restlichen Gepäckstücke zu holen, und ließen mich mit Lucas, der anscheinend nichts weiter zu sagen wusste und die Hände in den Hosentaschen versenkte, in dem breiten Flur zurück. Nebenan polterte es, eine Tür wurde aufgerissen und Jimmy und Tobias drängten sich gleichzeitig durch die Tür in den Flur und hielten sich dabei gegenseitig zurück wie zwei balgende Jungen.

»Animant!«, rief Tobias ganz ungeniert meinen Vornamen und drängte Jimmy so ab, dass er mich als Erster erreichte. Sein Gesicht war erhitzt, das Haar völlig durcheinander, doch sein charmantes Lächeln saß perfekt.

»Bei Gott, du bist noch hübscher geworden«, schnurrte er und fing sich einen Seitenhieb mit dem Ellenbogen von Jimmy ein.

»Miss Crumb«, sagte er knapp und legte seinem Bruder einen Arm um die Schultern, um ihn ein Stück von mir wegzuziehen.

»Animant bitte«, bot ich auch ihnen an und lächelte. »Schön, euch wiederzusehen.«

»Ich habe dir gesagt, dass der Vorname ihr schon passen wird«, tönte Tobias und machte sich umständlich von seinem Bruder los.

»Ja, aber man wartet, bis es einem angeboten wird. Von wem hast du deine Manieren gelernt?«, beschwerte sich Jimmy mit einem Lachen und Tobias grinste schelmisch.

»Na, von dir«, verkündete er.

Das Lachen kam mir ganz von allein über die Lippen und verlosch auch nicht, als ich seitlich der Treppe von noch mehr Personen bestürmt wurde.

»Oh Animant!«, rief Fanny begeistert und sah genau so aus, wie ich sie mir vorgestellt hatte. Schmales Gesicht, braune Locken und eine spitze Nase. Wie ihr Bruder Thomas etwas hager und doch von einer Eleganz, die jeden Makel wieder wettmachte. Neben ihr kam Marion die Stufen hinunter und ihre dunklen Augen glühten beinahe wie zwei Kohlen in ihrem runden Gesicht.

»Ihr seid da. Wie wunderbar. Wie war die Reise?«, fragte die ältere von Thomas' Schwestern, die nur unwesentlich jünger war als ich.

Marion neben ihr, die ihre Mädchenhaftigkeit noch nicht verloren hatte, konnte kaum still halten. »Weiß Mutter, dass du hier bist?«

»Die Reise war kürzer als gedacht, Fanny. Und auf deine Frage weiß ich keine Antwort, Marion«, erwiderte ich ruhig und war überwältigt von all den Menschen und der Aufmerksamkeit, die mir zuteilwurde. Doch obwohl ich Menschenmassen sonst nicht schätzte, gab mir die heimelige Atmosphäre im Flur, zwischen all den fröhlichen Menschen, ein warmes Gefühl von Familie.

Eine andere als die meine, und doch erfüllt von einem Willkommensgefühl, das direkt mein Herz erreichte.

»Ach, und die Mädchen rügst du nicht, dass sie direkt den Vornamen benutzen?«, maulte Tobias gespielt und Jimmy verpasste ihm einen Schlag auf den Hinterkopf.

»Du bist ein Dummschwätzer, Tobi«, lachte er nur und schon ging die Tür wieder auf und Thomas und Jonathan kamen herein. Ein scharfer Wind trieb einige Schneeflocken mit durch die Tür und wirbelte einmal durch den Flur.

Mit mürrischem Gesicht stellte mein Verlobter die Koffer ab und ließ sich von Marion umarmen, bevor er sich den Schnee aus den Haaren schüttelte. Er zeigte sich verhalten und angespannt, und doch war ich davon überzeugt, dass er froh war, wieder zu Hause zu sein.

Er half mir ganz vorbildlich aus meinem Mantel und hängte ihn an einen freien Haken an der Wand.

Sein Gesichtsausdruck erstarrte jedoch plötzlich und er hielt in der Bewegung inne, sich selbst den Mantel aufzuknöpfen. Erstaunt drehte ich den Kopf, um seinem Blick zu folgen, und entdeckte eine schmale Frau im Türrahmen neben uns. Sie war älter, als ich es erwartet hatte, die Haare ergraut und zu einer einfachen Frisur zusammengesteckt.

Ann Reed, Thomas' Mutter. Man hätte es nicht leugnen können, die Ähnlichkeit war einfach unverkennbar.

»Thomas«, sagte sie so ungläubig, als hätte sie Angst, er könnte sich jeden Moment in Luft auflösen.

Ich hielt den Atem an, sah von einem zum anderen und wartete angespannt auf eine Reaktion. Meine Schultern verkrampften sich, als die Sekunden immer weiter verstrichen.

Die Situation war aufgeladen von all den unausgesprochenen Gefühlen und ich konnte mir gar nicht vorstellen, wie es sich für Thomas oder sie anfühlen musste. Sie hatten sich seit beinahe sieben Jahren nicht mehr gesehen.

Zaghaft hob ich die Hand und legte sie Thomas ermutigend auf den Arm. Mit seiner Mutter hatte er nie im Streit gelegen. Das war allein eine Sache zwischen ihm und seinem Vater. Sie war lediglich eine Leidtragende dieser Situation.

Wäre es uns auch so ergangen, wenn mein Vater Henrys Hochzeit mit Rachel nicht zugestimmt hätte? Wäre Henry gegangen und wir hätten ihn erst nach sieben Jahren wiedergesehen? Es schüttelte mich bei dem Gedanken.

»Mutter«, grüßte er sie und der Bann war gebrochen.

Mrs Reed stürmte auf ihn zu und schloss ihn mit einem kräftigeren Ruck in ihre Arme, als ich so einer schmalen Frau zugetraut hätte. »Mein Junge«, flüsterte sie und ich glaubte einen Augenblick, sie weinte.

Doch sie riss sich wohl schnell genug zusammen, trat einen Schritt zurück, ohne ihn loszulassen, und betrachtete ihn eingehend von Kopf bis Fuß. Dann lachte sie plötzlich auf.

»Ihr habt recht«, rief sie den anderen zu, die ebenfalls verstummt waren und die Szenerie beobachteten. »Er sieht tatsächlich aus wie Ian.«

Auch die anderen lachten und obwohl mir der Witz entgangen war, lächelte ich. Ein Stein fiel mir vom Herzen und ich spürte die Freude über dieses so glückliche Wiedersehen tief in meiner Brust.

Jetzt würde mein Verlobter mir sicher keinen Vorwurf mehr daraus machen, dass ich alle zu dieser Rückkehr angestiftet hatte.

Es war, als würde Mrs Reed jetzt erst meine Anwesenheit bemerken und sie schenkte mir ein so warmes Lächeln, dass ich mich bemühen musste, nicht verlegen den Blick zu senken.

»Animant Crumb«, sprach sie meinen Namen aus, noch bevor Thomas mich vorstellen konnte, und ich machte einen höflichen Knicks, bei dem mir zu spät auffiel, wie unpassend er in diesem Hause wirken mochte.

Doch Mrs Reed kommentierte es nicht.

»Du bist noch viel hübscher als in meinen Träumen«, murmelte sie und streckte die Hand nach meinem Gesicht aus, ohne es zu berühren. »Was hast du nur für ein bezauberndes Mädchen mitgebracht«, richtete sie das Wort wieder an Thomas.

Für gewöhnlich war ich ganz gut darin, meine Verlegenheit zu überspielen, etwas Spitzfindiges zu sagen, um abzulenken. Doch vor meiner zukünftigen Schwiegermutter wurde mein Mund ganz trocken und meine Wangen erröteten so heftig, dass ich die Hitze bis in die Haarspitzen spüren konnte.

»Ach, was stehen wir hier herum? Willkommen im Hause Reed, Miss Crumb. Wir freuen uns, dass Sie uns mit Ihrer Anwesenheit beehren.« Mrs Reed nahm meine Hände und drückte sie sanft. Ihre Finger waren warm und rau von der Arbeit auf dem Land.

»Nicht doch. Die Ehre ist ganz meinerseits«, beteuerte ich und nahm mir vor, ganz schnell meine Fassung wiederzugewinnen. Schon sehr lange hatte ich mich nicht mehr so hilflos gefühlt.

»Wunderbar.« Sie ließ mich wieder los. »Lassen Sie sich von Fanny das Zimmer zeigen, um sich frisch zu machen. Danach könnt ihr alle zum Essen kommen. Ihr habt doch Hunger, oder?«

Wie aufs Stickwort begann mein Magen zu knurren und Thomas' Blick wanderte so eindeutig amüsiert zu mir herüber, dass ich ihm unauffällig den Ellenbogen in die Seite drückte.

»Unterstehe dich, Thomas Reed«, zischte ich ihm zu und er verkniff sich mühsam das Lachen.

2

Fanny erklärte mir, dass ich bei ihr und Marion im Zimmer schlafen würde. Ich bekam das eine Bett und die beiden Schwestern teilten sich das andere. Auch wenn es mir unangenehm war, ihnen auf diese Art den Schlafplatz streitig zu machen, sagte ich nichts, angesichts der großen Freude, die die beiden darüber ausdrückten.

Und ich hatte auch gleich eine kleine Wiedergutmachung zur Hand.

Das Zimmer war nicht groß, doch sehr liebevoll eingerichtet. Man sah sofort, dass die beiden jungen Frauen eine große Liebe und auch einiges Talent im Bemalen von Möbelstücken besaßen. Auf jeder Fläche erblühten kleine Blümchen und Ranken umschlangen die Beine der Betten und des Tisches in der Ecke.

»Ihr batet mich in eurem Brief um Beschreibungen der aktuellen Mode, doch ich muss euch leider gestehen, dass ich für so etwas überhaupt keinen Sinn habe«, verkündigte ich, nachdem ich die Malereien bewundert hatte und mich den beiden runden Schachteln auf dem Tisch zuwandte.

»Ach, das macht doch nichts, Animant«, versicherte Fanny mir, obwohl ich in Marions Zügen die Enttäuschung ganz genau sehen konnte.

Ich lächelte sie verschwörerisch an. »Ich habe deshalb Erkundigungen bei meiner Schwägerin eingeholt, die einen sehr feinen Sinn für Mode hat, und mir von ihr Geschenke für euch aussuchen lassen«, erzählte ich und reichte die erste Schachtel an Marion, der vor Erstaunen beinahe die Augen aus dem Kopf fielen.

»Aber das wäre doch nicht nötig gewesen«, flüsterte Fanny, die ihr Mitbringsel sehr viel zögerlicher entgegennahm als ihre Schwester.

»Doch, ist es. Es ist doch Weihnachten«, meinte ich und zuckte ungezwungen mit den Schultern. »Außerdem muss ich mich doch bei euch beliebt machen«, setzte ich spaßhaft hinzu.

Marion lachte. Fanny nicht.

Während die beiden die Schleifen öffneten, ließ ich mich vorsichtig auf das Bett sinken. Mein Rücken schmerzte von der holprigen Fahrt und eine kleine Welle der Müdigkeit erfasste mich.

Doch Marions euphorischer Aufschrei weckte mich sofort wieder. Den Mund vor Entzücken zu einem kleinen O geformt, hob sie vorsichtig den flachen dunkelblauen Hut mit Blumengarnitur aus der Schachtel.

»Er ist wunderschön!«, rief sie und rannte sofort zu dem Spiegel über der Kommode, um sich mit dem Hut auf dem Kopf zu betrachten.

Er stand ihr wirklich ausgezeichnet. Nicht zu pompös, aber elegant genug, um zu sehen, dass es sich hierbei um etwas Besonderes handelte.

Ein Glück hatte Rachel Zeit für mich gefunden. Ohne ihren feinen Sinn für Schönheit und Details wäre ich verloren gewesen.

Fanny hielt ihren Hut in den Händen, als wüsste sie nicht, was sie davon halten sollte. Er war ebenfalls flach, wie es der derzeitigen Mode entsprach, besaß einen etwas erwachseneren Schnitt und war mit cremefarbenem Beiwerk und ein paar Federn geschmückt. Etwas, was ich nie getragen hätte, allgemein aber als sehr schicklich galt.

»War er sehr teuer?«, wollte Fanny leise wissen und zögerte, sich neben mich zu setzen. Ich rutschte als Aufforderung zur Seite, um ihr Platz zu machen.

»Ich fürchte, diese Frage darf ich dir nicht beantworten«, lachte ich und Fanny blickte mich erstaunt an. Ihre Augen waren viel heller als die ihrer Schwester. »War er es nicht, werde ich als geizig gelten. War er es, fürchte ich, du wirst dieses Geschenk nicht annehmen wollen. Also schweige ich über den Preis. Gefällt er dir nicht?« Hatte ich das falsche Geschenk mitgebracht?

»Er ist wunderschön«, rief Marion ein zweites Mal und drehte sich vor dem Spiegel hin und her.

»Er ist wirklich wunderschön. Viel zu hübsch für mich«, gestand Fanny mir und selbst ich mit meiner zweifelhaften Empathiefähigkeit begriff, wo das Problem wirklich lag. Fanny hielt sich wohl für unattraktiv.

Ich versteifte mich prompt bei dem Gedanken, ihr etwas Aufmunterndes sagen zu müssen. Meine Mutter hätte sicher den perfekten Satz gewusst und ich musste kurz überlegen, um mir vorzustellen, was sie in solch einem Augenblick wohl tun würde.

Vorsichtig nahm ich Fanny den Hut aus den Händen und setzte ihn ihr auf das dunkle Haar. »Im Gegenteil, liebe Fanny«, brachte ich heraus und verbarg meine Unsicherheit hinter einem schmeichelnden Lächeln. »Mit deiner Eleganz muss erst einmal ein einfacher Hut mithalten können.«

Mit angehaltener Luft wartete ich auf ihre Reaktion und atmete erleichtert auf, als sie verlegen lächelte. Ihre Wangen färbten sich zartrosa und sie stand entschlossen auf, um sich mit dem Hut im Spiegel zu betrachten.

Fanny unterstützte mich beim Auspacken meiner Koffer. Obwohl sich Marion auch tatkräftig daran beteiligte, war sie eher hinderlich als hilfreich.

Es fiel mir schwer, ihre Schwärmereien über all die schönen Stoffe gebührend zu kommentieren und so schwieg ich gemeinsam mit Fanny, die mich heimlich immer wieder musterte.

Es war ein sehr seltsames Gefühl, hier zu sein. Dies hier war Thomas' Familie und ich verspürte den Wunsch, von ihnen gemocht zu werden, obwohl mich die Meinung anderer zu meiner Person sonst wenig interessierte. Jetzt tat sie es aber und ich wusste nicht, wie ich damit umgehen sollte, da diese Menschen mir trotzdem weitestgehend fremd waren. Ich traute mich nicht, ich selbst zu sein, wusste aber auch nicht, wer ich sonst hätte sein sollen.

Mein Magen knurrte noch lauter, als mir beim Heruntersteigen der Treppe der Duft von gebratenem Fleisch in die Nase stieg. Ich hatte mein Gesicht erfrischt, mir mein Gastgebergeschenk zur Hand genommen und Marion erlaubt, weiterhin meine Kleider zu bestaunen. Fanny blieb bei ihr. Ich vermutete, um zu kontrollieren, dass ihre Schwester keine Flecken in die Stoffe machte oder sich womöglich eines der Kleider anzog.

Wie es wohl war, eine Schwester zu haben? Ich konnte es mir nicht vorstellen. Doch ich wusste gleich, dass ich lieber Fanny als Marion zur Schwester hätte.

Am Fuß der Treppe schreckte ich aus meinen Gedanken, als ich mich einem großen, breit gebauten Mann gegenübersah. Schnaufend schälte er sich aus seiner Felljacke und wischte sich den Schnee aus dem wilden dunklen Bart.

Wie erstarrt stand ich da und umklammerte die schmale Schachtel in meinen Händen, als sein Blick auf mich fiel. Gideon Reed zog missbilligend die Augenbrauen zusammen und sah dabei aus wie sein Sohn.

Ich wusste nicht, was ich tun sollte. Wir waren einander noch nicht offiziell vorgestellt worden, doch ich war in seinem Haus und zusätzlich die Verlobte eines seiner Söhne.

Bevor ich jedoch reagieren konnte, gab Gideon Reed ein lautes Schnauben von sich, hängte seine Jacke an einen der vielen Haken und verschwand durch eine Tür, die er geräuschvoll hinter sich ins Schloss warf.

Na wunderbar, dachte ich ironisch und seufzte leise. Thomas Reed hatte also das Aussehen seiner Mutter und das Verhalten seines Vaters geerbt. Aber ich wäre nicht Animant Crumb, wenn ich es nicht schaffen sollte, noch einen mürrischen Reed für mich zu gewinnen.

3

Die Stimmen führten mich auf der Suche nach Thomas in die Küche.

Mrs Reed rührte in einem Soßentopf und gab dabei Anweisungen an Jimmy, der gerade eine riesige Gans aus dem Ofen holte und, unter Jubelrufen von Tobias und Finley auf dem Arbeitstisch abstellte.

Der Raum war hell erleuchtet, die Luft erfüllt vom Duft nach Gewürzen und überall erklang Gelächter und das Klappern von Messingtöpfen.

»Wo ist eigentlich Fanny? Ich brauche sie für die Tafel drüben«, rief Mrs Reed und drehte den Kopf in Richtung Tür, wo ich immer noch im Schatten des Flures stand. Ihr Lächeln flackerte kurz wie eine Kerze im Luftzug. Sie hatte wohl nicht erwartet, mich dort stehen zu sehen.

»Sie ist noch oben«, erklärte ich, als wäre die Frage an mich gerichtet gewesen, und trat in den Raum. Unschlüssig drehte ich die Schachtel zwischen den Fingern hin und her, da die Gastgeberin ganz offensichtlich zu beschäftigt war, um jetzt ein Geschenk entgegenzunehmen.

»Kann ich irgendwie behilflich sein?«, bot ich daher an, auch wenn ich das in jedem anderen Haushalt nicht getan hätte. Doch hier wollte ich nicht nur danebenstehen und wie ein hoher Gast behandelt werden. Ich wollte teilhaben. Dazugehören. Doch ich hatte keine Ahnung, ob dies angebracht war.

»Das ist wirklich freundlich, Miss Crumb, aber …«

»Animant«, verbesserte ich Mrs Reed und wünschte im gleichen Moment, ich hätte sie zuerst ausreden lassen. Ich kam mir so unhöflich vor, als würde ich von einem Fettnäpfchen ins nächste stolpern.

Wären wir hier auf einem Weihnachtsball, wie unlieb mir diese Situation auch gewesen wäre, ich hätte wenigstens gewusst, wie ich mich zu verhalten hatte und was von mir erwartet wurde.

Fühlte Thomas sich so wie ich mich jetzt, wenn er bei meinen Eltern zu Hause war? Ich hätte viel gnädiger mit ihm sein müssen.

»Animant«, wiederholte Mrs Reed den ihr angebotenen Vornamen und lächelte schalkhaft, sodass sich ein Grübchen auf ihrer Wange zeigte. Ihre Miene war unergründlich und mich befiel eine eigenwillige Aufregung, wenn sie mich so ansah.

»Animant. Wo hast du deinen Verlobten gelassen?«, zog Jimmy meine Aufmerksamkeit auf sich und schlug Finley auf die Finger, der versuchte, ein Stück von der Gans abzuzupfen.

Etwas hilflos zuckte ich mit den Schultern, umklammerte weiter die Pappschachtel und hoffte, mit meiner Körperwärme den Inhalt nicht zu schmelzen. »Den suche ich selbst«, antwortete ich und spürte, wie mein Magen ein weiteres Mal fordernd knurrte. Mein Hunger wurde immer schlimmer.

»Da bist du in der Küche aber am falschen Ort. Hier findet man Thommy nie«, entgegnete Tobias lachend und warf einen rotbackigen Apfel von einer Hand in die andere.

Unerwartet schob sich mir eine Hand um die Taille und ich zuckte erschrocken zusammen. Neben mir tauchte Thomas aus der Dunkelheit des Flures auf und zog mich ein kleines Stück an sich. Mein Herz setzte einen Schlag aus, um in schnellerem Takt weiterzuschlagen, als Thomas Reed mir plötzlich näher war als seit Wochen.

»Dafür findet man dich dort immer«, machte er seine Witze über meine Leidenschaft fürs Essen und ich verdrehte auf genervte Art die Augen, um nicht zu offenbaren, wie sehr mich seine Nähe in Aufregung versetzte.

Im Hause meines Onkels wäre so eine Geste undenkbar gewesen.

Die wenigen Male, die wir beide in den letzten Wochen allein gewesen waren, um kleine Zärtlichkeiten auszutauschen, konnte man leider an einer Hand abzählen. Es waren nur gestohlene Momente zum Abschied im dunklen Flur oder in Thomas' Büro in der Bibliothek, wo wir peinlicherweise durch Mr Sterns unangekündigtes Eintreten gestört wurden.

Hier schien sich keiner daran zu stören, dass er seine Hand an meiner Seite ruhen ließ. Seine Brüder bemerkten es wohl nicht und in Mrs Reeds Mundwinkel versteckte sich lediglich ein geheimes Lächeln, als sie kurz von ihrem Soßentopf aufsah.

Wir machten Platz, als Jimmy und Tobias die Gans unter vereinten Kräften rüber ins Esszimmer trugen und auf die Mitte einer langen Tafel stellten, die reich geschmückt war mit Tannengrün, Misteln und Kerzen.

Fanny war schon dort und entzündete die Dochte an den eleganten langen Wachskerzen. Es war anders als zu Hause, wo alles im Schimmer von Lametta und Silberschmuck unterging. Es war einfacher, aber auch von einer so warmen Fülle, dass mich beim Anblick der Weihnachtstafel eine Aufregung erfasste, die ich das letzte Mal als Kind empfunden hatte.

»Es sieht wunderschön aus«, sagte ich lauter als beabsichtigt und Fanny hob den Blick, errötete und schob noch einen der Zweige zurecht, den sie mit rotem Schleifenband umwickelt hatte.

»War jedes Weihnachten bei euch so?«, fragte ich Thomas leiser, als er mich weiter in den Raum schob, damit seine Mutter eine Terrine mit duftender Suppe hereintragen konnte.

»Noch hat niemand Streit angefangen. Also nein«, antwortete er tonlos und ich sah überrascht zu ihm auf.

Seine Lippen waren verkniffen, seine Haltung steif, sein Blick unstet. Seit die Kutsche im Hof gehalten hatte, wirkten seine Schultern verspannt und seine Worte karg.

Er fürchtete sich vor der Begegnung mit seinem Vater. Ich zweifelte nicht daran, dass er ihm die Stirn bieten würde, doch genau dies war auch das Problem. Zwei Sturköpfe, die einfach nicht von ihrer Meinung abrücken konnten.

Marion tauchte ebenfalls auf, in den Händen eine Platte mit Kartoffeln und Rindfleisch, und nur kurze Zeit später erschallte Mrs Reeds Stimme durchs Haus, die alle zum Essen herbeirief.

Ganz schwindelig von all den guten Gerüchen, ließ ich mich auf den mir zugewiesenen Platz neben Thomas nieder, legte mein Gastgebergeschenk neben meinem Teller ab und übte mich in angespannter Geduld.

Ich war nervös und ließ mich von Thomas' Anspannung anstecken. Ein Grund mehr, endlich etwas zu essen.

Fanny setzte sich zu meiner anderen Seite, was mich erleichtert aufatmen ließ.

Für mich war es mehr als verwunderlich, in welcher Reihenfolge die Familienmitglieder an den Tisch kamen. Es schien keine Rolle zu spielen, wer zuerst saß, und auch die Platzwahl folgte keiner für mich erkennbaren Etikette.

Jimmy als zweitältester saß bei Finley, Lucas neben seiner Mutter und mir gegenüber waren drei Stühle frei. Und jeder hatte bereits Platz genommen, noch bevor Gideon Reed überhaupt das Zimmer betreten hatte.

Meine Verwunderung verbergend, lächelte ich lediglich alle Anwesenden an und bemerkte dann, dass nicht nur der Hausherr, sondern auch Ian fehlte. Ihn hatte ich bisher noch gar nicht zu Gesicht bekommen.

»Wo ist denn Ian?«, wandte ich mich an Fanny und sie zuckte nur mit den Schultern.

Jonathan am Fuß des Tisches, direkt neben Thomas, warf einen Blick auf die Uhr auf dem Sims des Kachelofens. »Er wollte schon längst hier sein und die Frauen mitbringen. Wahrscheinlich braucht Imogen wieder zu lange mit ihren Haaren«, erzählte er und die anderen nickten lediglich.

Gerade wollte ich mich bei Thomas erkundigen, um wen es sich dabei handelte, als er mir schon zuvorkam.

»Imogen ist Jonathans Frau«, erklärte er und ich machte große Augen. Ich hatte nicht gewusst, dass Jonathan verheiratet war. Jedoch fragte ich mich im gleichen Augenblick, wieso ich immer vom Gegenteil ausgegangen war.

Aber hatte er nicht von Frauen in der Mehrzahl gesprochen?

In diesem Moment hörte man aus dem Flur das Quietschen der Tür und das Poltern von Schritten.

»Oh, sie sind da«, rief Mrs Reed und ließ die Kelle in die Soßenschale gleiten, die sie noch schnell aus der Küche geholt hatte.

»Mr Reed, das Essen ist serviert und die Kinder sind alle im Haus. Bequeme dich aus deinem Sessel zu uns!«, hob sie die Stimme in Richtung der Tür, die wohl in eine Stube führte, und lächelte so strahlend in meine Richtung, dass ich es unwillkürlich auch tat. Ihre Kinder waren alle da.

Thomas tastete unter dem Tisch nach meiner Hand. Seine Finger waren klamm und verschwitzt, was untypisch für ihn war, und ich drückte sie fest, um ihn meines Beistands zu versichern.

Zwei junge Frauen traten ins Esszimmer, gefolgt von Ian, der sich noch die Nässe des Schnees aus dem Gesicht wischte.

»Das ist ein Gestöber da draußen. Ein ausgewachsener Sturm wird das. Da hätte ich mir die Mühe mit meiner Frisur auch sparen können«, erzählte die eine von beiden, klein und rundlich, mit einer leicht zerzausten blonden Hochsteckfrisur, beugte sich zu Jonathan herüber und drückte ihm in aller Öffentlichkeit einen Kuss auf den Mund.

Augenblicklich wandte ich die Augen ab und war zu überrumpelt, um zu wissen, was ich darüber denken sollte. Keiner schien sich daran zu stören, auch nicht Mrs Reed, die es genau gesehen hatte. Sie begrüßte Ian und die andere junge Frau mit einem herzlichen Lächeln und einer Umarmung.

Wie steif mir die Weihnachtsfeiern bei uns zu Hause plötzlich vorkamen. Oder waren sie hier einfach nur zu freizügig?

Thomas begann, mit dem Daumen über meinen Handrücken zu streichen und machte das Chaos in meinem Kopf perfekt, als nun auch noch das Kribbeln in meinem Bauch einsetzte und mir die Gedanken träge machte.

»Eileen, dein Kleid sieht bezaubernd aus«, lobte Marion gerade die Frau an Ians Seite und diese bedankte sich strahlend, während sie sich von ihm an den Tisch führen ließ.

Eileen. Der Name weckte eine verschwommene Erinnerung an einen Abend in einer Schenke mit zu viel Alkohol in meinem Glas. Ian hatte unter Drängen zugeben müssen, welches Mädchen ihm das Liebesmal am Hals verpasst hatte. Und es war sie gewesen.

Ich verspürte das Bedürfnis, aufzustehen und mich vorstellen zu lassen, als die Tür zur Stube knarzend aufging und die stämmige Gestalt Gideon Reeds das Zimmer betrat.

Missmutig ging sein Blick durch die Runde, blieb einen Augenblick zu lang an Thomas hängen und wandte sich dann der Tafel zu.

Ohne ein Wort setzte er sich an den Kopf des Tisches und gab damit ein stummes Signal an die anderen, die sich ebenfalls alle an ihre Plätze begaben.

»Weihnachten«, sprach er laut und der wohltönende Bass seiner Stimme füllte den Raum ohne Mühe. »Ein Fest voller Wunder. Aber auch voller Wunderlichkeiten«, machte er weiter mit seiner Ansprache und wieder fiel sein Blick auf Thomas, der mir unter dem Tisch beinahe die Hand zerdrückte. »Draußen tobt ein Schneesturm, hier drinnen flackert nicht einmal das Kerzenlicht. Die Familie kommt zusammen und selbst der Verstoßene wagt sich nach Hause, in dem Wissen …«

Mein Herz bekam einen Stich und ich zuckte zusammen, obwohl er ja gar nicht von mir sprach.

»Gideon«, zischte Ann, doch er schenkte ihr keine Beachtung.

»In dem Wissen, dass ich ihn zu Weihnachten wohl kaum wieder vor die Tür setzen kann«, beendete er seinen Satz, zog wütend die Augenbrauen zusammen und schnaubte in die Stille, die nur durch das Ticken der Uhr und die Geräusche des Sturms draußen gefüllt wurde.

»Ich freue mich auch, dich zu sehen«, sagte Thomas trocken und mit einer Spur Sarkasmus, obgleich ich nicht erwartet hatte, dass er es wagen würde zu antworten. Doch die Autorität seines Vaters wirkte auf ihn anscheinend nicht so stark wie auf die anderen in der Runde.

Ann Reed stand zaghaft von ihrem Stuhl auf und klatschte einmal in die Hände, um von den groben Worten ihres Mannes abzulenken. »Ich freue mich, euch heute alle hier zu sehen, und bin überglücklich, dass wir alle wieder vereint sind. Auch begrüße ich den Zuwachs unserer Familie.« Sie lächelte Eileen an, die mir gegenübersaß. »Wie wundervoll, Eileen, dass du den Heiligen Abend bei uns verbringst. Richte morgen Grüße an deine Mutter aus.« Nun sah sie zu mir. Gideon Reed knurrte etwas, noch bevor sie gesprochen hatte. »Und Animant Crumb, die Verlobte von Thomas. Danke, dass auch du hier bist und meinen Sohn mitgebracht hast.« Ihr Lächeln schwankte und sie blinzelte viel zu oft, als müsste sie die Tränen zurückhalten, und setzte sich dann schnell.

Jetzt wäre der Moment, in dem ich mein Gastgebergeschenk hätte übergeben sollen, doch die Stimmung schien mir nicht richtig dafür.

Gideon Reed sprach das Tischgebet und dann wurde endlich gegessen.

Die Spannung in der Luft löste sich auf und alle begannen, wieder miteinander zu schwatzen und zu lachen.

Man reichte mir Fleisch und Kartoffeln, Suppe und Soße, Brot und allerlei Kuchen, sodass ich mich kaum entscheiden konnte, was ich zuerst probieren sollte. Es gab keinen Bediensteten, der das Essen auftat, und ich sah mich zuerst überfordert darin, es selbst zu tun. Doch es brauchte nicht lange, mich an den Rhythmus der anderen zu gewöhnen.

Und als ich mir dann die erste Gabel voll Essen in den Mund schob, schmolz mein Magen geradezu dahin vor Begeisterung, als der volle Geschmack von Gewürzen, Butter und Gans sich auf meiner Zunge ausbreitete.

Einen zufriedenen Seufzer ausstoßend, kaute ich und bemerkte Thomas' amüsiertes Grinsen, während er mir dabei zusah.

Auch wenn er sich über mich lustig machte, war es schön zu wissen, dass die barschen Worte seines Vaters ihn nicht so tief getroffen hatten, dass ihm die Laune vergangen war.

»Es schmeckt dir wohl«, stellte er fest und ich nickte übertrieben.

»Es ist köstlich. Ich fürchte, ich muss hier einziehen«, antwortete ich ihm, und obwohl gerade noch alle laut am Reden gewesen waren, versiegten die Gespräche genau in diesem Moment, als jeder zu essen begann. Sie alle mussten meine Worte deutlich gehört haben und Mrs Reed lachte.

Ich wäre am liebsten vor Scham, auf diese Weise aufzufallen, im Boden versunken. Meine Güte, wie viele Fehler konnte man an einem Abend denn noch begehen?

»Das nehme ich dann mal als Kompliment«, kommentierte Mrs Reed die für mich sehr peinliche Situation und begann selbst zu essen.

Thomas schwieg, lauschte den Gesprächen der anderen, während ich mich nach einer Weile wieder traute, meine Fragen zu stellen, um meiner Neugierde nachzukommen.

Ich erfuhr, dass Ian und Eileen im Sommer geheiratet hatten und sie, genau wie Jonathan und seine Frau Imogen, ein eigenes Haus auf dem Grundstück des Hofs bewohnten. Eileen war die Tochter eines Obstbauern, dessen Land in östlicher Richtung an das Weideland der Reeds stieß.

»Und du, Animant? Kommst du aus London?«, fragte sie mich und strich sich eine Locke ihres schwarzen Haars aus der Stirn, die sich aus ihrem dicken Zopf gelöst hatte.

»Ich stamme aus einem kleinen Ort in der Nähe von Bath. Aber zurzeit wohne ich im Haus meines Onkels in London«, erklärte ich ihr bereitwillig und zerteilte dabei mein Stück Gans in mundgerechte Stücke.

Eileen legte ihr Besteck nieder und betrachtete mich abwägend, als versuchte sie mich einzuschätzen. »Verzeih meine Frage, aber ich kann mir beim besten Willen nicht vorstellen, wie es ist, in der Stadt zu wohnen. Was tut man dort den ganzen Tag?«, erkundigte sie sich schließlich und erntete dafür einen schockierten Blick von Imogen, die diese Frage wohl als impertinent empfand.

Doch ich konnte mich darüber nur freuen. Denn Eileen schien von einem wachen Geist zu sein. Anders als Elisa, deren Worte scharf wie Messer sein konnten. Eher wie ein Zuckerstück in einer Tasse Kaffee, das sich langsam auflöste und so das ganze Gebräu mit seiner Süße einnahm.

»Was sollte sie da schon tun«, schnaubte plötzlich Gideon Reed zu uns herüber und ich stellte mit Erstaunen fest, dass er unserem Gespräch zu folgen schien.

»Animant hat als Bibliothekarsassistentin in meiner Bibliothek gearbeitet«, antwortete Thomas an meiner statt, lauter, als er gemusst hätte, als wollte er sichergehen, dass sein Vater es auch ganz genau hörte. »Jetzt gerade trifft sie Vorbereitungen zur Eröffnung ihrer eigenen Buchhandlung«, fuhr er fort und der Stolz in seiner Stimme löste eine Flut an Glücksgefühlen in mir aus. Er prahlte mit mir und meinen tollkühnen Plänen. Und das hatte in meinem Leben noch niemand getan.

»Eine Buchhandlung?«, entfuhr es Ian überrascht, von dem ich den ganzen Abend noch kein einziges Wort gehört hatte, und auch alle anderen Gespräche am Tisch verstummten, als alle Anwesenden ihre Aufmerksamkeit auf uns richteten.

»Das ist unglaublich«, sagte Eileen erfreut und Imogen rümpfte demonstrativ die Nase.

»Unglaublich lächerlich«, ergänzte sie, auch wenn Eileen es wohl nicht so gemeint hatte. »Heiratest du nicht? Wie willst du mit einer Buchhandlung Zeit für deine Kinder haben?«, warf sie den für mich abwegigsten Grund ein, den man gegen mein Vorhaben hätte finden können.

»Es ist eine Buchhandlung für Frauen«, erklärte ich, ohne auf ihren Einwurf Rücksicht zu nehmen. »In gewöhnlichen Buchhandlungen sind die meisten Bücher für Männer ausgeschrieben, weil einer Frau der Intellekt nicht zugetraut wird, diese Bücher zu verstehen. Das bedeutet aber auch, dass die gewöhnliche Frau sich gar nicht erst traut, eines dieser Bücher überhaupt zur Hand zu nehmen, unabhängig davon, ob sie schlau genug wäre, es zu verstehen oder nicht.«

Eileens Gesicht schien beinahe zu leuchten, als sie meinen Ausführungen lauschte, und vergaß dabei sogar zu essen.

»Ich möchte diese Hürde verringern, indem ich das gesamte Sortiment für Frauen kennzeichne«, endete ich und spürte die Euphorie in meinem ganzen Körper, wie jedes Mal, wenn ich meinen neuen Traum formulierte.

»Ich habe bereits einige Kooperationen. Zum Beispiel mit der Victoria University for Women. Die Studentinnen können sich Bücher gemeinsam für günstigere Preise kaufen oder über die Buchhandlung mit anderen Interessentinnen tauschen.«

»Wenn die Reichen sich langweilen«, spottete Gideon Reed und riss mich damit aus meinem Redefluss. Verwirrt blinzelte ich und hoffte, mich verhört zu haben.

Imogens Vorwurf war für mich unbedeutend gewesen, doch zu behaupten, ich täte es aus Langeweile, um Geld aus dem Fenster zu werfen, war eine Frechheit.

»Wie bitte?«, entfuhr es mir scharf und ich bemerkte zu spät, dass ich in diesem Fall wohl besser den Mund gehalten hätte. Schließlich wollte ich von Gideon Reed gemocht werden und keinen zusätzlichen Stolperstein auf dem Weg zur Versöhnung mit seinem Sohn darstellen.

Doch in mir zog die Wut an meiner Zunge.

»Eine Buchhandlung«, ließ der bärtige, griesgrämige Mann das Wort aus seinem Mund fallen, als wäre es eine faule Frucht. »Gib es etwas, was eine größere Zeitverschwendung ist? Bücher kann man nicht mal essen«, warf er mir vor und wäre ich vor einem Jahr hier gewesen, hätte ich keinen Ton herausgebracht, gegenüber so einer offensichtlichen Beleidigung.

Doch es war nicht mehr vor einem Jahr und ich hatte von meiner Freundin Elisa so einiges gelernt.

Thomas legte mir bestärkend die Hand auf den Rücken.

»Vielleicht. Aber mit einem Huhn in der Hand kann man nicht die Welt verändern«, hielt ich also dagegen und setzte mich noch aufrechter. »Worte sind schärfer als jedes Schwert. Vor allem, wenn man eine Frau ist und niemand einem ein Schwert geben möchte.«

Fanny starrte mich mit so riesigen Augen von der Seite an, dass ich es auch bemerkte, obwohl ich sie nicht direkt ansah. Denn mein Blick bohrte sich herausfordernd in den von Gideon Reed.

4

Ein lautes Krachen durchbrach die unangenehme Stille, bevor sie sich wie ein Leichentuch über die weihnachtliche Szenerie legen konnte, und wir fuhren alle erschrocken hoch.

Jonathan legte augenblicklich das Besteck beiseite und wischte sich den Bart mit einer Servierte sauber, bevor er sich erhob und in den Flur eilte.

»Was war das?!«, rief Tobias besorgt, während wir alle angestrengt lauschten.

Draußen tobte der Sturm und es war durch die Fenster nichts als Schwärze zu sehen.

»Was, wenn es die Scheune war?«, warf Jimmy ein und Gideon Reed schüttelte vehement den Kopf.

»Besser nicht«, gab er zurück.

Die Haustür wurde vom Wind aufgerissen, schlug lautstark gegen die Wand und Jimmy eilte hinter Jonathan her, um ihm beim Schließen zu helfen.

Wir alle, bis auf Imogen, erhoben uns von unseren Plätzen und strebten in den Flur, allen voran der Hausherr.

Der Streit war vergessen, das Essen auch, und ich löcherte Thomas mit fragenden Blicken, die er jedoch beschloss, in diesem Moment nicht zu beachten.

»Und wenn der Balken nachgegeben hat?«, stellte Jimmy weiter seine unheilvollen Fragen und griff bereits nach seiner eigenen Jacke, als die Tür sich bewegte und Jonathan in den Flur stürmte.

»Das Scheunendach!«, brüllte er und ein solch gewaltiges Schneegestöber wehte ins Haus, dass man auf dem Boden einen Schneeengel hätte eindrücken können. »Die Schneemassen haben den morschen Balken zerdrückt. Es wird einstürzen!«

Eine Schrecksekunde lang rührte sich niemand, dann brach das Chaos los. Jeder versuchte seinen Mantel oder eine Jacke zu fassen zu bekommen, Schals wurden um Hälse geschlungen, Marion drückte jedem eine Mütze in die Hände und alle stürmten nach draußen.

Ich konnte kaum mitverfolgen, was geschah, da hatte sich Thomas ebenfalls in seinen Mantel gehüllt und war zusammen mit dem Rest seiner Familie in der Dunkelheit verschwunden.

Neben mir schickte sich Eileen an, in ihre Jacke zu schlüpfen, da rief Ian meinen Namen: »Animant! Halte meine Frau auf!«, kam die Anweisung so präzise aus seinem Mund, dass ich mich ihr, die mehr als einen Kopf kleiner war als ich, ohne zu zögern in den Weg stellte.

»Lass mich vorbei!«, befahl sie mir panisch, doch ich dachte nicht daran, dies ohne Erklärung zu tun. Schließlich waren alle anderen weg und Imogen war mir keine besonders begrüßenswerte Gesprächspartnerin.

»Was ist eigentlich los?«, wollte ich von ihr wissen und hinderte sie erfolgreich daran, unter meinem Arm hindurchzutauchen.

»Im Dach der Scheune ist ein verwitterter Balken. Wir wollten ihn nach den Feiertagen austauschen. Wenn das Dach einbricht, wird das Heu nass und schimmelt. Und dann verhungern uns die Rinder«, rief sie mit Nachdruck, der mir den Ernst der Lage mehr als verdeutlichte. Mir schien das Blut in den Adern zu gefrieren. Und das nicht nur, weil niemand die Tür wieder geschlossen hatte. Das war eine Katastrophe!

»Warum sollst du nicht mit raus?«, stellte ich meine nächste Frage und Eileen, die zuvor so entschlossen ihren Mantel zugeknöpft hatte, hielt plötzlich inne.

»Ich bin schwanger«, kam es im Flüsterton aus ihrem Mund, sodass der Wind ihre Worte beinahe übertönt hätte.

Ich zog scharf die Luft ein und hatte das Gefühl, mir würde gleich der Schädel platzen.

»Zieh den Mantel wieder aus. Du gehst auf keinen Fall da raus!«, befahl ich ihr unmissverständlich und sie machte ein gequältes Gesicht.

»Ich habe Wachstücher in der Truhe rechts vom Tor deponiert. Die anderen suchen sie wahrscheinlich jetzt an der falschen Stelle«, erzählte sie und ich drehte mich schnaubend zu meinem Mantel, der einsam am Haken an der Wand hing.

»Ich sag es ihnen«, stellte ich mich bereit und endlich ließ Eileen die Hände von ihren Kragenknöpfen sinken.

Der Wind war so scharf und der Schneefall so dicht, dass ich Mühe hatte, mich vorwärts zu bewegen. Die Kälte kletterte mir sofort in jede noch so winzige Ritze und jagte mir eine Gänsehaut von den Beinen bis zum Scheitel nach oben.

Ich fand den Weg nur, indem ich den Laternen folgte, die nicht weit entfernt auf der anderen Seite des Hofes in der Dunkelheit glommen. Schnee flog mir in die Augen, der Sturm riss mir den Hut vom Kopf und ließ ihn in der Dunkelheit verschwinden.

Laut fluchend stapfte ich durch den bereits wadenhohen Schnee weiter und konnte kaum glauben, dass bei unserer Ankunft vor zwei oder drei Stunden hier alles frei gewesen war.

Fast hatte ich die Lichter erreicht, da hörte ich auch die Rufe der anderen. Das Tor war nur angelehnt und ich schlüpfte schnell durch den schmalen Spalt ins windstille Innere.

»Animant?«, sprach Mrs Reed mich überrascht an, als ich mir den Schnee aus den Haaren schüttelte und dabei die Frisur ruinierte. Aber das war mir jetzt auch schon egal.

»Eileen sagt, sie hat die Wachstücher in einer Truhe verstaut«, kam ich sofort zu dem Grund meines Kommens, um eine Diskussion zu vermeiden. Ich zeigte rechts in die Schatten der Scheune, wo einige Truhen an der Wand standen.

»Oh, Gott sei Dank, Animant!«, rief Mrs Reed aus und stürzte auf die Holzkisten zu.

Ich folgte ihr und bekam eine kurze Gelegenheit, mich umzusehen. Die Scheune war ein großer Raum mit mehreren Etagen zur Rechten und Linken, die randvoll mit Stroh gefüllt waren. An der hinteren Seite neigte sich das Dach an einer Stelle bedenklich nach unten. Bei näherem Betrachten entdeckte ich einen Balken, der in der Mitte durchgebrochen war. Immer wieder wirbelte Schnee durch verschiedene Löcher und verteilte sich auf den Männern, die darunter hantierten.

Vier von ihnen trugen gerade einen sehr langen Stamm und stellten ihn so auf, dass seine Spitze das Dach abstützen würde.

Ein Wachstuch wurde mir in die Hand gedrückt.

»Komm mit«, wies mich Mrs Reed an und holte noch Fanny und Marion herbei. Gemeinsam kletterten wir die schmalen Leitern hinauf zu der obersten Ebene, wobei ich mit den nassen Schuhen immer wieder von den Sprossen abrutschte. Sie waren für lange Spaziergänge und das harte Kopfsteinpflaster Londons gemacht, nicht für nächtliche Kletterpartien.

Nach der ersten Leiter zog ich mir eilig die Handschuhe von den Fingern, um mich wenigstens besser halten zu können, und stopfte sie in meine Manteltasche.

Ich half Fanny dabei, die Wachstücher zu entfalten und über das Stroh auszubreiten, das in unmittelbarer Nähe zu den Löchern im Dach lag. Noch war nicht besonders viel Schnee darauf gefallen, den Marion mit einem kleinen Besen mit energischen Schwüngen über den Rand der Plattform in die Tiefe fegte.

Die Männer warfen gerade ein dickes Tau um einen von nun zwei Stämmen und zogen ihn mit vereinten Kräften in eine senkrechte Position, sodass sich das Dach auf der einen Seite Zoll um Zoll wieder hob.

Ich entdeckte Thomas direkt neben seinem Vater, wie sie sich beide in das Seil verkrallten und zogen, als hinge ihr Leben davon ab.

Was es wahrscheinlich auch tat. Ohne das Stroh hatten die Rinder keine Nahrung im Winter. Und wenn die Rinder abmagerten oder starben, wäre die Lebensgrundlage der Familie Reed in Gefahr.

»Wir holen noch mehr«, sagte Fanny und zog mich am Ärmel zurück zu den Sprossen, die uns nach untern führten. Fanny bewegte sich dabei genauso elegant wie auch sonst und ich beneidete sie um ihre Wendigkeit, neben der ich mir vorkam wie ein träger Sack voller Kartoffeln, der sich ständig in den Röcken seines Kleides verfing.

Die Männer setzten den zweiten Stamm an der anderen Seite des gebrochenen Dachbalkens an und stemmten sich auch hier in das Tau.

»Wir brauchen noch Leute am Seil!«, brüllte Gideon Reed durch die Scheune und Fanny ließ auf der Stelle die Wachstücher fallen. Wir beide eilten herbei, schoben uns zwischen die trotz der Kälte schwitzenden Männer, fassten nach dem Strick und zogen.

Jemand trat mir auf den Fuß, der Stamm schien sich keinen Fingerbreit zu bewegen und mir schmerzten sofort die Schultergelenke, doch plötzlich rief jemand etwas und wir alle konnten den Strick loslassen.

Jimmy und Lucas rannten los, um eine sehr lange Bockleiter herbeizutragen, während Finley einen Kasten mit Werkzeug brachte. Thomas' Haar war schlimm verstrubbelt, als er neben mich trat, und er atmete schwer. Staub klebte an seiner Stirn und seine Hände zitterten von der Anstrengung, doch er grinste so breit wie schon lange nicht mehr und sah umwerfend gut aus.

»Was für Weihnachten«, raunte er mir zu und wurde von Jonathan abgeschleppt, um weitere Gegenstände herbeizuholen. Dicke Bretter, zwei lange Metallschienen und noch mehr. Jeder schien genau zu wissen, was getan werden musste.

Lucas zog einen Bottich zur Seite, auf dessen Inhalt eine Eisschicht trübe glänzte, und stellte die Leiter so auf, dass Jimmy bis zur Bruchstelle hinaufklettern konnte.

Er begann damit, die Schienen anzubringen, mit Seilen festzubinden und anschließend lange Nägel ins Holz zu treiben.

Lucas und ich hielten die Leiter fest, die anderen holten weitere Leitern und verschlossen mit den Brettern provisorisch die Löcher, die im Dach entstanden waren.

Instinktiv zuckte ich zurück, als plötzlich von oben etwas auf mich herunterfiel, und ich wich haarscharf dem Hammer aus, der mit einem splitternden Geräusch die Eisschicht des Bottichs durchbrach und im brackigen Wasser versank. Der Schreck erreichte mich verzögert und ich stieß einen unterdrückten Schrei aus, als schon alles vorbei war.

»Ach, verfluchte Scheiße, der Hammer«, schimpfte Jimmy von oben und ich sah verärgert zu ihm auf.

»In den Trog der Fäulnis«, lachte Lucas auf, doch wir achteten nicht auf ihn.

»Er ist mir weggerutscht«, entschuldigte Jimmy sich nicht besonders galant und kam nicht zu mehr, als der Balken über ihm erzitterte.

»Schnell«, rief er mir zu und streckte die Hand nach unten aus.

Ohne weiteren Protest wandte ich mich dem Bottich zu und griff durch das Loch im Eis hinein. Eisig kaltes, schleimiges Wasser floss mir in den Ärmel und durchtränkte Mantelsaum und Blusenmanschette. Ein widerwärtiger Geruch stieg auf, doch ich tastete nur nach dem Hammer, bekam ihn zu fassen und zog ihn hervor. ›Trog der Fäulnis‹, klangen Lucas Worte in meinem Kopf nach und nun verstand ich. Wie ekelhaft.

Doch um mich darüber zu beschweren, war es nun zu spät, also wischte ich den Hammer nur eilig an meinem Mantel ab und kletterte die ersten Stufen auf der Leiter nach oben, um ihn Jimmy zu reichen, der fieberhaft weiterhantierte.

Meine Hand fühlte sich an, als würde sie auf der Stelle gefrieren, doch ich stieg wieder nach unten und nahm mir vor, das nächste Mal nicht in der Nähe zu sein, wenn irgendwo ein Dach brach.

5

Durchgefroren bis auf die Knochen stolperten wir zurück in den großen Flur und Thomas half mir schnell aus dem nassen und widerlich müffelnden Mantel.

»Wie ist das denn passiert?«, fragte Mrs Reed erstaunt, als sie die schwarze Grütze an meiner Blusenmanschette kleben sah, und ich schüttelte nur müde den Kopf.

»Jimmy hat den Hammer in den Trog der Fäulnis fallen lassen und Animant hat ihn, ohne mit der Wimper zu zucken, wieder rausgezogen«, berichtete Lucas laut, als wäre es eine Heldentat. Was es ganz und gar nicht gewesen war.

»Oh nein. Arme Animant«, bemitleidete mich Fanny sofort und ich schüttelte nur den Kopf.

»Wieso habt ihr so einen Trog überhaupt in der Scheune stehen?«, erkundigte ich mich, während ich mir mit spitzen Fingern den Schal vom Hals wickelte.

»Weil ihn niemand ausleeren will«, warf Tobias ein und Thomas zuckte nur mit den Schultern. Es schien wohl eine übliche Taktik bei den Reeds zu sein, die Probleme lieber stehen zu lassen, bis sie zum Himmel stanken, als sie zu lösen.

Genau wegen so einer Sache waren Thomas und ich in einem Schrank gelandet.

»Ist das zu fassen?«, beschwerte ich mich und musste dabei schon fast lachen. »Wenn ihr ihn morgen nicht sauber macht, werde ich es tun. Man kann doch keinen stinkenden Bottich herumstehen lassen.« Ich erhob den dreckverschmierten Zeigefinger drohend und wies damit in die Runde.

»Das will ich sehen«, lachte der älteste der Reed-Brüder und ich zeigte direkt auf ihn.

»Das wirst du auch, Jonathan Reed. Warte es nur ab!«

»Jetzt ist Schluss mit dem Spaßen. Geht nach oben und werdet die nassen Sachen los. Das wäre ja noch schöner, wenn mir wegen so was einer krank wird«, durchbrach Gideon Reed die gute Stimmung mit seinen barschen Worten, zog sich die Mütze vom Kopf und fixierte mich mit seinem Blick. Er musterte mein Gesicht, das sicher die eine oder andere Dreckspur aufwies, wandte sich dann plötzlich ab und verschwand den Flur nach unten.

Die Runde löste sich auf, die meisten strebten die Treppe nach oben und ich wurde kurz aufgehalten, da Ann Reed mir versprach, mir eine Schale mit Wasser und ein Stück Seife nach oben zu bringen, damit ich mir die stinkende Brühe abwaschen konnte.

Dann nahm auch ich mit schweren Beinen die Stufen und hob überrascht den Kopf, als sich mir jemand in den Weg stellte.

Thomas Reed wartete auf mich am oberen Ende der Treppe und ich ließ mich erschöpft gegen ihn sinken.

»Ich bin stolz auf dich«, flüsterte er mir zu und die vertraute Art seiner Stimme zauberte mir ein Lächeln auf die Lippen.

»Das solltest du auch. Ich habe in einen schleimigen Eimer gefasst. Hätte ich gewusst, was darin ist, hätte ich es aber wahrscheinlich nicht getan«, gestand ich und Thomas lachte leise.

Schwarzer Staub zeichnete skurrile Muster auf sein Gesicht, er sah ebenfalls müde aus, doch seine Augen leuchteten noch genauso wie in der Scheune.

»Dir hat es wohl Freude bereitet, dicke Stämme zu ziehen«, stellte ich fest und er umfasste meine Taille mit seinen Händen.

»Nicht unbedingt«, erklärte er und zog mich noch näher an sich. Ich ließ es geschehen, genoss das warme Gefühl, das meinen Bauch auftaute und mir Hitze durch die Adern jagte. »Aber es hat sich so angefühlt, als wäre ich wirklich wieder zu Hause. Nicht als der studierte Mann, der es gewagt hat, den Hof für einen Haufen Bücher zu verlassen. Sondern als Teil der Familie.«

Ich nickte und verstand, was er mir damit sagte. Selbst wenn Gideon Reed an ihrem Streit festhalten sollte, hatte es sich für Thomas gelohnt, nach so langer Zeit nach Hause zu kommen.

»Ich freu mich für dich«, sagte ich und meinte es auch so.

Das Braun seiner Augen war im spärlichen Licht des Flures noch dunkler als sonst und wie von selbst glitt mein Blick zu seinen Lippen.

Mein Puls beschleunigte sich augenblicklich und ich musste mich zusammenreißen, mit meinen dreckigen Händen nicht nach den Rändern seiner grauen Weste zu fassen, um ihn zu mir zu ziehen.

Denn wir waren allein. Alle waren in ihren Zimmern und nur wir beide übrig. Solche Momente existierten viel zu selten.

»Erinnerst du dich an den Tag, an dem der Überseekoffer durch die Kuppel gestürzt ist?«, fragte mich Thomas ganz leise und lenkte meine Aufmerksamkeit nur noch mehr auf seinen Mund.

»Ja, daran habe ich vorhin auch schon gedacht«, gab ich zu und hob das Kinn an, um ihm näher zu kommen. Auch er beugte sich zu mir, strich mit seinen langen Fingern meinen Rücken entlang, machte mich ganz schwindelig.

»Ein fürchterlicher Tag«, ergänzte ich und dachte daran, wie er mich allein gelassen hatte, um Kinder zu unterrichten, und ich mit allem überfordert gewesen war.

Am Tag danach hatten wir uns das erste Mal wahrhaftig gestritten.

»Du hast ihn wohl anders in Erinnerung als ich«, murmelte Thomas ganz nah und ich schluckte gegen das Kribbeln an, das meinen Körper in Aufruhr versetzte. Zärtlich strich er mir eine nasse Haarsträhne aus der Stirn.

»Es war der Tag, an dem viele Bücher ihr Leben gelassen haben«, meinte ich nur und Thomas legte lachend seine Stirn an meine.

»Es war der Tag, in dem ich verstand, wer du bist«, ergänzte er schmunzelnd und neigte endlich den Kopf, um mich zu küssen.

Augenblicklich zerschmolz ich in seinen Händen, spürte nichts anderes mehr als den sanften Druck seiner Unterlippe und das viel zu schnelle Schlagen meines Herzens.

Ich liebte seine Küsse, konnte nicht genug davon bekommen und verlor sofort den Verstand. Wenn er mich küsste, konnte er mich zu allem bringen. Sogar einen Gang ins Archiv hatte er sich damit von mir erkauft, dieser Schuft.

Leises Kichern drang an mein Ohr und Thomas unterbrach den Kuss. Viel zu früh.

Verwirrt blinzelnd warf ich einen Blick über die Schulter und sah gerade noch, wie Fanny und Marion schnell die Tür hinter sich zuzogen. Wir waren beobachtet worden.

Doch leider nicht nur von den beiden. Denn neben uns am Treppenaufgang räusperte sich jemand laut.

Unsere Köpfe flogen herum und ein Schreck durchzuckte mich, als ich Thomas' Vater entdeckte, der uns mürrisch aus dunklen Augen anblickte.

Sofort lösten wir uns voneinander und ich trat einen schnellen Schritt nach hinten. Ich öffnete den Mund, um etwas zu sagen, schloss ihn aber wieder, als mir nichts Sinnvolles einfiel.

Thomas richtete sich auf, strich seine Weste zurecht und erwiderte den Blick seines Vaters.

»Vater«, sagte er schlicht und dieser stieg die letzten Stufen zu uns hinauf.

»Miss Crumb, sollten Sie sich nicht umziehen?«, brummte Gideon Reed, ohne den Blick von seinem Sohn abzuwenden, und ich lächelte verkniffen.

Er wollte mich loswerden, um mit Thomas zu reden. Denn ihn hatte er nicht aufgefordert, sich umziehen zu gehen.

Ich knickste, bevor ich mir wieder bewusst machen konnte, wie lächerlich das wirken musste, und zog mich zögerlich zurück.

Thomas sah mich nicht an, sodass ich mich nicht versichern konnte, dass es in Ordnung war, ihn hier allein zu lassen, und ich schlich geradezu auf das Zimmer von Fanny und Marion zu, die mir sofort öffneten, als ich die Klinke berührte.

»Du hast mitgeholfen«, hörte ich Gideon Reeds kratzige Stimme und Thomas' leises Schnauben.

»Selbstverständlich habe ich geholfen«, erwiderte mein Verlobter und ich hörte ihm an, wie sehr er sich zusammenriss, um ruhig zu bleiben.

Ich trat bedacht langsam ins Zimmer, achtete nicht auf die Zeichen, die Fanny und Marion mir zu geben versuchten, und schloss die Tür hinter mir nicht zur Gänze, um immer noch verstehen zu können, was im Flur gesprochen wurde.

»Und dein Mädchen auch«, stellte Gideon Reed gerade fest und ich wünschte, ich könnte Thomas' Gesichtsausdruck sehen.

Mein Herz schlug so laut vor Aufregung, dass ich fürchtete, darüber den Stimmen nicht folgen zu können.

»Sie ist nun mal etwas Besonderes«, antwortete Thomas und Marion neben mir gab ein Fiepen von sich.

Gideon Reed stieß ein grunzendes Lachen aus. Durch den winzigen Spalt in der Tür konnte ich erspähen, wie er Thomas eine Hand auf die Schulter legte.

»Eine gute Frau«, sagte er, die beiden Männer nickten sich zu und dann verschwand Gideon mit schweren Schritten aus meinem Blickfeld.

Ich drückte ganz leise die Tür zu und lehnte mich tief ausatmend mit dem Rücken dagegen. Was für eine seltsame Unterhaltung, und doch spürte ich auch, dass es geschafft war. Gideon Reed hatte Thomas' Einsatz für die Familie anerkannt und mich als ›eine gute Frau‹ betitelt.

Ein Lachen bahnte sich seinen Weg meine Kehle hinauf und ich gab ihm nach, auch wenn Fanny und Marion mich für völlig verrückt halten mussten. Was sollte ich auch sonst tun? Es war Heiligabend, ich hatte meinen zukünftigen Schwiegervater verbal angegriffen, geholfen, ein Scheunendach zu reparieren, und mich dann in einem Kuss verloren. Ich war nass, verfroren, meine Haare standen in alle Richtungen ab, meine Hände waren mit etwas eingedreckt, über das ich besser nicht nachdachte, und meine Beine waren so müde, dass sie unter mir wegzubrechen drohten. Doch ich war glücklich.

»Was war das?«, traute sich Marion zu fragen und auch Fanny knetete nervös ihre Finger.

»Haben sie sich wieder vertragen?«, wollte sie wissen und ich zuckte mit den Schultern.

»Ich hoffe es sehr.«

Denn das würde bedeuten, dass wir endlich heiraten konnten.

Ein Klopfen an der Tür ließ uns alle drei zusammenfahren und ich sprang geradezu von der Tür weg, so erschrocken war ich über das plötzliche Geräusch.

»Mädchen?«, hörten wir Mrs Reeds Stimme durch das Holz und Marion öffnete eilig. Ann Reed stand mit einer gefüllten Waschschüssel da und sah von einem Gesicht zum anderen.

»Was ist denn nun wieder?«, erkundigte sie sich überrascht und mir entfuhr ein weiteres Lachen der Erleichterung.

6

Ich wusch mir die Hände dreimal, bis nur noch der feine Geruch der Seife an meiner Haut zurückblieb, und schlüpfte erst dann in eine cremefarbene schlichte Bluse, die ich in der Bibliothek immer gern getragen hatte.

Fanny bot mir ihre Hilfe an, nachdem sie und Marion sich neue trockene Sachen angezogen hatten, doch ich lehnte nur höflich ab und blieb allein zurück.

Meine Gedanken sprangen im Kreis herum, taumelten zwischen der Hoffnung, dass sich nun alles zum Guten gewendet hatte, und der Angst, alles falsch interpretiert zu haben.

Mit immer noch klammen Fingern nestelte ich an den Knöpfen meiner Bluse und stieg anschließend in einen dunkelblauen Wollrock mit dazu passendem spitzenbesetzten Unterrock.

Das Tollste an dieser Zusammenstellung waren die Taschen im Rock, die mir Platz für ein Buch boten. Ich nahm mir die Zeit, aus meiner Ledertasche eines auszusuchen, in das ich beim abendlichen Zusammensitzen hineinschmökern könnte, falls sich die Gelegenheit bot. Falls nicht, hatte ich zumindest etwas bei mir, an das ich mich klammern konnte.

Mir fiel das Gastgebergeschenk wieder ein, das immer noch unten auf dem Esstisch stehen musste und das ich vergessen hatte zu überreichen. Aber wer konnte mir das nach diesem Abend noch übel nehmen.

Um nicht noch länger auf mich warten zu lassen, kämmte ich mein Haar nur schnell und steckte es zu einem wenig kunstvollen Knoten zusammen. Mein Gesicht in dem Spiegel über der Kommode sah blass und erschöpft aus und ich kniff mir in die Wangen, um ihnen wenigstens ein wenig Farbe zu verleihen.

Das Gewicht des Buches in meiner Tasche gab mir ein Gefühl von Sicherheit, als ich die Stufen wieder ins Erdgeschoss stieg und wie schon vorhin den lachenden Stimmen folgte, bis ich durch eine Tür in die Stube trat.

Der Raum war größer als die übrigen und durch den offenen Kamin so warm, dass es eine Wohltat für die kalten Glieder darstellte. Alle waren hier versammelt, saßen auf schmalen Sofas, verschiedenen Sesseln und Hockern, oder wie Finley und Marion sogar direkt vor dem Kamin am Boden, um Brot über dem Feuer zu toasten.

Doch was meinen Blick sofort auf sich zog, war der Weihnachtsbaum. Majestätisch und gleichzeitig so heimelig stand die sattgrüne Tanne an der Seite des Zimmers und erstrahlte im Glanz unzähliger Kerzen, die von Zinnfiguren und bunt bemalten Glaskugeln reflektiert wurden. Dunkelrotes Schleifenband zog sich wie die Bordüre eines Ballkleides um den Baum herum und schickte mir die einmalige Stimmung von Weihnachten direkt ins Herz.

Ganz nah an meinem Ohr begann eine tiefe Stimme ein Weihnachtslied zu summen und ein Schauer rieselte mir sanft den Rücken hinunter, als Thomas seinen Arm um meine Mitte legte.

Die Röte, die ich gerade noch in meinen Wangen vermisst hatte, schoss mir unvermittelt ins Gesicht, als er sich zu mir beugte und einen Kuss auf mein Ohr hauchte.

»Thomas Reed«, ermahnte ich ihn im Flüsterton, obwohl ich nichts lieber getan hätte, als wieder in seine Arme zu sinken. Doch es gab zu viele Augen, die uns dabei sehen konnten, und so ließ ich es nur in meiner Fantasie geschehen, während Thomas mich in Wirklichkeit in den Raum geleitete und mir einen Platz neben sich auf einer Bank anbot.

Marion und Finley lachten über irgendwas. Jonathan und Jimmy waren in ein Gespräch vertieft und Lucas sah aus, als ob er gleich einschlafen würde.

»So schlicht, Miss Crumb?«, fragte mich Imogen erstaunt, die neben ihrer Schwägerin Fanny auf einem der Sofas saß und demonstrativ die Spitze ihres Unterrockes über ihre Füße gebreitet hatte, damit man den teuren Besatz bewundern konnte.

Ich hob fragend die Augenbrauen, um nicht darauf antworten zu müssen. Imogen war keine Person, der ich gefallen musste oder gar wollte.

»Erwartet man von einer Dame wie Ihnen nicht … feinere Mode?«, führte sie aus, obwohl ich sie zuvor schon verstanden hatte, und ich lächelte schmal.

»Ich habe nichts übrig für Mode, und auch nicht für die Erwartungen anderer«, antwortete ich mit ruhigem Ton und hörte, wie Gideon Reed zu Grunzen begann.

»Siehst du, Imogen. Spitze ist nicht alles«, sagte er mit einem belehrenden Unterton und der armen Frau fiel beinahe der elegante Fächer aus der Hand, den sie überflüssigerweise bei sich trug.

Erstaunt blickte ich ihn an und dann zu Thomas, der ein Lächeln hinter seiner Hand verbarg und überaus zufrieden wirkte.

Der Moment zwischen ihm und seinem Vater war also wirklich eine Versöhnung gewesen. Oder aber es gefiel ihm, so dicht neben mir sitzen zu können, ohne dass jemand ihn mit einem tadelnden Blick bedachte.

»Ich fürchte, der Gang zum Weihnachtsgottesdienst wird nicht umsetzbar sein, oder?«, seufzte Eileen und niemand widersprach. Denn bei dem Sturm konnte man keine Kutsche lenken und eine Meile durch den Schnee zu stapfen war ebenfalls unmöglich.

»Dann haben Ian und ich jetzt eine Ankündigung zu machen«, sprach sie weiter und die leisen Gespräche verstummten. Ian lächelte sanft, nahm ihre Hand in seine und verschränkte ihre Finger ineinander. Ich wusste bereits, was sie sagen würde, noch bevor sie sich eine Hand auf den Bauch legte.

»Ich bin schwanger«, verkündete sie daraufhin und nach einem Moment des erstaunten Schweigens brachen alle in Jubelrufe und Glückwunschbekundungen aus.

»Das ist mal eine besondere Weihnachtsüberraschung«, lachte Ann Reed und legte sich eine Hand aufs Herz. »Ich werde Großmutter! Ist das zu fassen?«

»Darauf müssen wir einen trinken«, behauptete Tobias überschwänglich und erntete Buhrufe von den anderen, in die ich gern mit einfiel. Denn ich würde von keinem der Anwesenden jemals wieder ein alkoholisches Getränk entgegennehmen. Die Lektion hatte ich bereits gelernt.

»Vielleicht hätte ich etwas anzubieten!«, rief ich, als mir selbst einfiel, dass mein Gastgebergeschenk immer noch unberührt im Esszimmer lag, erhob mich und lief, um es zu holen.

Verlegen übergab ich die schmale mintfarbene Schachtel an Mrs Reed, die nur zögerlich die drahtigen Finger danach ausstreckte.

»Aber Weihnachten ist doch erst morgen, Animant«, sagte sie und hielt die Schachtel, als könnte sie unter ihrem Griff zerbrechen.

»Jetzt ist es aber passender«, ermutigte ich sie und sie öffnete zaghaft den Deckel.

Darin lagen mehrere dunkelbraune Tafeln, die fein säuberlich in cremefarbenes Papier eingewickelt waren.

Mrs Reed sah fragend zu mir auf.

»Man löst sie in erhitzter Milch auf und erhält dadurch eine heiße Schokolade«, erklärte ich und sah in die Runde. »Es wäre genug, damit jeder eine Tasse davon kosten kann.«

Thomas nickte mir zu. Ich hatte wohl die richtige Wahl für mein Gastgebergeschenk getroffen.

»Das ist eine wundervolle Idee, Animant. Danke schön«, lobte seine Mutter mich und es bedeutete mir mehr, als ich für möglich gehalten hatte. Sie erhob sich mühsam aus ihrem Sessel, nahm mich mit sich in die Küche und zusammen bereiteten wir die Milchschokolade zu.

Noch nie hatte mich jemand in der Küche helfen lassen und es hatte einen ganz eigenen Zauber an sich, den ich für immer mit der drahtigen Gestalt und dem sanften Lächeln von Ann Reed verbinden würde.

»Danke«, sagte sie plötzlich, als wir die Schokolade in Tassen schöpften, und ich sah sie fragend an. »Ich wusste nicht was mich erwartet, als du mir im Brief angeboten hattest, Thomas nach Hause zu bringen.« Sie legte die Kelle zur Seite und griff nach meiner Hand. »Natürlich wollte ich ihn sehen, aber ich hatte auch Angst. Gideon ist kein böser Mensch, doch reiche Leute haben ihm nie etwas Gutes entgegengebracht. Seine Abscheu gegen die akademische Laufbahn seines Sohnes ist auf eine gewisse Art verständlich. Er hat sich verraten gefühlt. Als wäre ein Leben als Metzger nicht gut genug für Thomas. Als wäre er selbst nicht gut genug für seinen Sohn.« Sie schluckte und ich wagte es nicht, sie zu unterbrechen, ja gar zu atmen. Meine Hand begann vor Aufregung zu schwitzen.

»Und dann verlobt er sich auch noch mit einem reichen Mädchen. Und es schreibt mir. Auf blütenweißem Papier. Ich dachte ... du wärst anders.« Das dunkle Braun ihrer Augen bohrte sich geradezu in meine Seele und ich spürte, wie mir ein Kloß in den Hals stieg, als ich die Tränen entdeckte, die sich in Ann Reeds Augenwinkeln sammelten. »Ich bin sehr froh, dass ich mich geirrt habe. Danke, dass du hier bist, Animant.«

Die Schokolade schmeckte jedem und es war beinahe schon ulkig mit anzusehen, wie jeder Einzelne von ihnen auch den kleinsten Tropfen aus seiner Tasse zu schlecken versuchte.

Es wurde gelacht, Anekdoten aus dem Alltag erzählt und mögliche Namen für Eileens Baby vorgeschlagen, die danach allgemein diskutiert wurden.

Thomas und ich saßen still da und ließen die Szenerie auf uns wirken, die sich nach einem unvergesslichen Weihnachten anfühlte.

»Ich sehe es ein«, sagte er plötzlich und ich betrachtete das Profil seines Gesichtes, wie er mit warmem Blick seine Familie betrachtete, sein Haar immer noch so wild wie immer, wenn er nicht darauf achtgab. »Deine Interventionen zu meinem Lebensglück passen mir sehr gut«, gab er zu und schmunzelte. Der Kerzenschein zeichnete einen scharfen Schatten an seiner Kieferlinie und ließ sein Gesicht noch aristokratischer erscheinen als ohnehin schon. Er sah seinen Brüdern ähnlich und doch konnte man ihm auch gleichzeitig ansehen, dass er anders als sie war. Er war nicht gegangen, weil er das Landleben nicht schätzte, sondern weil er Bücher liebte. So wie ich.

»Ist euch aufgefallen, dass Thommy sich nicht hinter einem Buch versteckt?«, rief Jimmy plötzlich und auch die anderen sahen zu uns herüber.

Thomas hob nur sarkastisch eine Augenbraue, ließ die Hand in die Tasche seines Jacketts gleiten und zog einen schmalen Roman heraus, den er neben mir auf einem niedrigen Beistelltisch ablegte.

Allgemeines Gelächter wurde laut. »Wirst du nicht wahnsinnig werden mit einem Mann, der ständig nur liest, Animant?«, fragte mich Fanny und ich konnte mir ein schalkhaftes Grinsen einfach nicht verkneifen.

Auch ich griff in meine Rocktasche und zog das Buch hervor, das ich vorhin eingesteckt hatte, um es auf das von Thomas zu legen. Ein eindeutiges Zeichen.

Alle lachten noch lauter, sodass das ganze Haus mit Wärme und guter Laune gefüllt wurde.

Doch ich sah nur noch Thomas Reed, der mir mit einem Strahlen in den Augen in aller Öffentlichkeit einen Kuss auf die Wange drückte und mir zuflüsterte, dass er mich liebte.

Ende

Lin Rina

Khaos – Toiching Soul

ISBN: 978-3-95991-421-5, Klappenbroschur, EUR 14,90

Daya lebt auf einem vergessenen Gefängnisplaneten unter skrupellosen Verbrechern. Nur ihre Gabe, in den Seelen anderer zu lesen und ihre Gefühle zu erspüren, sichert ihr das Überleben.
Als eine Gruppe genetisch veränderter Menschen aus dem Kryoschlaf erwacht, gerät Daya plötzlich zwischen die Fronten von Macht und Gewalt. Doch was ist richtig? Den Soldaten und ihrem Anführer Khaos zu helfen, den Planeten zu verlassen, oder das Leben ihrer Leute zu erhalten?
Denn Khaos ist nicht irgendein Soldat. Seine Seele ist für Daya unwiderstehlich. Aber sich in einen Mann zu verlieben, der nicht zum Lieben geschaffen wurde, ist ein gefährliches Spiel.

DRACHENMOND VERLAG